COLLECTION FOLIO

Dominique Sampiero

Le ciel et la terre

La lumière du deuil
Le dragon et la ramure

Gallimard

Poète, romancier, scénariste, Dominique Sampiero, né dans l'Avesnois en 1954, a été instituteur. Il est coscénariste du film de Bertrand Tavernier *Ça commence aujourd'hui.*

La lumière du deuil

À mémé Philomène

Écrire alourdit la légèreté des êtres
parce qu'elle la rend visible tout à coup.

On ne se glisse pas dans un corps, c'est lui qui vient comme une brebis dans sa laine, une pierre dans la flaque, un coup de couteau, c'est lui qui vient nous anéantir dans le bonheur absolu, briser nos contours, nos verrous, la tête en dehors, juste à côté ; quelque chose arrive parfois là, dans les boiseries de la bouche, en aveugle, silhouette fragile, surprise par la fenêtre, avançant à petits pas dans l'allée : c'était qui cette présence, cette ressemblance avec qui, avec quoi ? personne, un voisin ? un passant ? qui sait ! un étranger devenu un visage ? un ami ? un coin d'amour dans la mémoire ? c'était qui, cet être qu'on n'a pas même touché, embrassé, et qui nous manque ?

La durée d'un récit est comme la durée d'un rêve. On ne décide ni du moment où l'on s'endort ni de celui où l'on s'éveille. Et pourtant on avance, on passe. On est tantôt la fenêtre, la lumière, l'oiseau. Tantôt la chaise sur laquelle on se berce. On voudrait faire un geste, toucher son personnage. Avoir des attentions pour lui. Lui prendre la main, par exemple. On est là, on ne fait rien. Toute la vie aura passé, on n'aura rien fait.

Alors la vie passe une seconde fois comme un film, quelque chose qui ne veut pas plier. Puis une troisième, une quatrième, et d'autres fois encore, et encore. Chaque page que l'on tourne est ce mouvement qui ne finit jamais.

La fraîcheur, sans éblouir, est un refuge. L'humide fait fructifier Avril.

Quelques hommes, dans le village, fouaillent la haie à grands coups de ciseaux. Au volant des vieux tracteurs, ils transportent leur quotidien droit devant.

Leur chevelure sent le tilleul. Rien qu'à les voir, on se sent inutile sur terre.

Chez eux, un froncement de sourcil n'est pas signe de fatigue mais d'affairement. C'est qu'il a trop plu pour la moisson. Ou pas assez pour la prairie.

Leur parole est rare, ils n'ont pas le temps. Leurs gestes sont de grandes faux pour les conversations alors qu'ils dételIent la remorque.

L'espace n'a plus prise sur eux, au contraire. On dirait que les pleines allées de colza ou que la fragrance des fumiers giclent de leur regard, de leurs mains.

La rudesse qu'ils brassent fait trembler les femmes. Elles se voient retournées dans le corps de la meule ou fouettées par la verge sur le dos des troupeaux.

Il pleut comme une fatigue, un souci.

On s'excite, on s'apaise avec l'espace tout entier.

Les saisons vivent dans la chair. Puis envahissent les arbres, les fleurs, le ciel.

Les gens d'ici le savent, *ici* n'existe pas. C'est un mot qu'on ne prononce jamais. L'espérance non plus. Elle supposerait qu'on s'appartienne. Qu'on ait un corps à soi.

Quel trafic d'ombres étranges !

Le grand chêne à la sortie du chemin. La salle des fêtes comme un vieux comptoir colonial. Les fermes, les maisons rouges autour et rouges au-dessus. Un pays où la folie est silencieuse, profonde, comme une greffe qui a bien pris.

On ne devient pas fou. On porte ça comme un seau, une fureur, des gestes anciens. On se pend à la poutre d'une grange.

Ou bien on pleure, on pleure au-dedans.

Les autres ne voient rien. Il n'y a plus de larme.

On est fou comme un pommier peut l'être, sans bruit, tordu de l'intérieur.

Un jour, l'orage ouvre le tronc en deux, l'aubier est noir, grouillant, pourri de larves.

On danse à petits pas, cette folie-là, muette.

On sait vivre seulement, marcher, guetter, hocher la tête. Ce n'est pas oui, c'est bonjour.

Personne ici ne se défend contre l'horizon. Les chardons. L'herbe folle.

Le chien du voisin visite tout le monde.

Ceux qui ne possèdent rien se protègent contre ce rien justement. C'est leur dignité de dresser des haies, des clôtures, des barrières où le vent vient décoiffer les vaches.

Une femme balaie toujours son trottoir. C'est une présence comme l'éternité.

Un jour ou l'autre le ciment éclate, les tuiles s'arrachent, le mur s'affaisse.

On voit dans la maison comme à l'intérieur d'une vie. Tout est resté, en plan, les rideaux, une chaise, la table. Jusqu'au médaillon bleu de la vierge sur la cheminée. On s'est laissé surprendre.

Parfois elle est debout dans sa cuisine et elle chante, croise les bras, renverse un peu la tête en arrière ; la lumière lui fait un aigle sur le visage ; elle chante, ni homme, ni femme, elle n'a plus d'âge : le bouquet de roses dans le bocal en verre sur la toile cirée de la table semble lui répondre ; et les poutres au-dessus de sa tête. Et le buffet dans son dos avec le vieux transistor.

Pureté est le mot qui convient en cette seconde où toutes les souillures de sa vie la rejoignent, ruissellent. Elle n'en sait rien.

Elle chante. Aucun mot, aucun son ne jaillit de sa gorge. Elle chante en silence, une sorte de silence, sommeil qui la ronge et la berce doucement. Son tablier, sa robe, et le chandail lui font des allures de sainte lavée dans la lumière.

Les bras croisés, elle est un bateau qui ne part pas, accrochée au quai de cette seconde où elle devient folle ; de hautes vagues l'assaillent, elle résiste.

Les six boutons de la cuisinière ont le nez en bas. On dirait qu'elle parle aux mouches, qu'elle chuchote. Ses lèvres bougent, ses yeux. Son cœur est une ombre pure, pleine de tics. Les cheveux dans la lumière, elle fredonne une petite absence, les yeux fermés, se balançant un peu comme les chats et les arbres. Elle regarde en l'air, trop loin : elle pourrait tomber d'un moment à l'autre. On l'imagine nue et plus jeune, dans cette folie encore, mais offrant son ventre, au regard froid de la fenêtre. Elle a un manque et une tristesse sur son visage, quelque chose disant : j'ai faim, j'ai soif, ma peau restera sèche. Elle prie ce manque, lui chante des romances, des berceuses. Elle devient folle pour oublier le manque. Elle n'a plus de nom. Plus de visage. Seulement ce corps dans la lumière et qui chante, qui voudrait chanter.

Sa présence fait un mystère dans la maison, un christ au visage de femme, repliant ses bras, ses mots, sa souffrance, pleurant devant elle : je veux vivre, je suis le fils de l'homme, un pauvre christ au visage de sel, arc-bouté sur l'eau du puits, les seaux de charbon, les lessiveuses et plus tard, dans les lessives, à quatre pattes comme une bête dans le linge.

Elle chante, et devient folle doucement, ne sait mettre aucun mot, aucune image sur ce qui la prend, elle se berce dans la lumière qui tombe. Quand il fera noir, elle aura peur dans la pièce. Elle allumera. Et oubliera jusqu'à cette minute, ce balancement d'apocalypse, dans cette lumière qui la dérobe doucement.

Il l'avait kidnappée à un homme qui ne la rendait pas heureuse. Elle s'était laissée faire. Ça avait fait scandale dans la famille.

Ils ne voyaient plus personne.

Ils s'étaient réfugiés dans ce petit village blond, doré par les blés, aux lèvres du Pays de Mormal.

Ce nom déjà la fascinait.

Quelque chose comme un chant grave, une mousse fredonnée par les fougères.

Elle était tombée enceinte quelques mois après. Tombée est le mot juste. Comme au fond d'un puits. Ou plus clair encore : à plat ventre, parmi les fraises, dans le jardin.

Elle avait des souvenirs parfois comme des vertiges, des éblouissements.

Son ventre s'arrondissait, de jour en jour, comme les laitues dans le potager.

Elle parlait à voix haute dans la maison, se racontait des histoires.

Lui passait le plus clair de son temps dehors. Loin d'elle. À faire des petits boulots. De l'intérim, du saisonnier. Pour l'instant, ça suffisait. Le maire du village leur avait prêté cette maison. En attendant des jours meilleurs. C'est-à-dire le moment où ils paieraient leur loyer.

Avec l'enfant qui venait, elle ne savait pourquoi, mais elle se revoyait, elle, petite fille quand elle s'enfermait dans les toilettes et s'enfonçait doucement un fétu de paille entre les lèvres, pour pisser debout comme les garçons. Puis le soir dans son lit, glissant un doigt entre les jambes, sous ses bras, elle respirait l'odeur pour s'endormir.

Elle aimait se regarder nue, debout, devant la glace. Prendre son ventre à pleines mains comme une balançoire. Le palper, l'étreindre. Elle souriait. Il y avait du monde avec elle. Les oiseaux, derrière, leur chant indiscret. Les murs, les poutres, les toiles d'araignées. Du monde un peu partout comme une présence sans mots ni visage.

Elle cambrait la taille, potiron en avant, blanche comme la neige, ses deux fesses rondes avalaient la lumière ; sa longue chevelure, un peu rousse dans les boucles, dessinait en avalanche toutes les courbes de son corps.

Elle avait chaud. Elle avait soif. Sa main saisissait dans la corbeille d'osier une longue badine cueillie le matin, encore fraîche de sa rosée ; elle se mordait les lèvres, en se frottant le bas du ventre sur l'arrondi vert clair.

Elle rougissait, pleurait ensuite. Depuis trois mois, il ne la touchait plus. Ou à peine.

Puis elle jetait son lait sous l'eau tiède d'une douche, en chantonnant l'innocence retrouvée ; de fins ruisselets lui faisaient sur la peau un sang plus clair : la lumière la surprenait ensuite, assise, coiffant ses longs cheveux noirs comme dans un rêve.

Elle passait de longues heures à la fenêtre pour faire entrer du ciel dans son ventre. Elle se balançait sur sa chaise. Se sentait toujours mouillée comme l'herbe. Un escargot dans la main. Ses doigts cherchaient entre ses poils, la trace de ce qui allait venir. Elle tenait de longues heures durant cette petite boule tiède. Le hérisson ne bougeait pas ; phalange un peu dure, au fond de sa grotte. Elle fermait les yeux, s'endormait presque, sursautait lorsque la porte d'entrée claquait sur l'arrivée du héros.

Il était doux avec elle. Grand. Timide même. Ça l'amusait. Elle lui prenait la main et la plaquait sur son ventre, en éclatant de rire. Il rougissait. Ses petites dents pointues lui mordillaient l'oreille de son rire net, aigu.

Avec sa main à elle, elle cherchait le sexe dur, fouillait dans le linge déboutonné, en tremblant un peu. Elle montait sur lui, sur la chaise. Les deux mains qu'elle sentait sur ses fesses la transportaient. Il avait peur, il la laissait faire. Ça lui gâchait son plaisir. Son héros n'était plus là, un peu absent, fragile. Comme assis dans la pièce à côté. Elle avait deux enfants en elle. Ses seins gonflaient comme des pommes. Les veines bleues jaillissaient sous leur silence. Elle les prenait par-dessous, les braquant fièrement vers le miroir, criant un « *haut-les-mains !* » qui les faisait rire.

Elle caressait les pointes comme une amoureuse. C'étaient les seins d'une autre.

Quand elle les lui mettait sous le nez pour qu'il y pose ses lèvres, il rougissait, détournait la tête.

Elle prenait plaisir à tout, à rien : marcher dans l'air frais du matin, le sentir sur sa peau, comme lui faisant l'amour.

Tout ce qu'elle portait aux lèvres avait un autre goût. De la joie sucrée mêlée aux fruits, aux viandes. À tout.

Elle grossissait mais se sentait légère, de plus en plus légère.

Ce qui se passait en elle, elle l'attendait depuis toujours. Non comme quelque chose qui allait la quitter. Mais comme des retrouvailles.

Assise dans l'herbe, elle s'amusait à écarter les jambes, à prendre ses pieds dans ses mains, à pousser, en haletant comme un chien.

Son héros la surprenait, en plein désarroi, faisant celui qui n'en savait rien.

Elle se débrouillait toute seule.

Les nuits se firent plus longues, les jours un peu plus ronds, un peu plus lourds.

Le héros avait trouvé un travail fixe, dans une compagnie de transport routier. Il partait des jours, des nuits, voire des semaines entières. Au début, revenait les bras chargés de cadeaux, des tulipes de Hollande, de la confiture d'orange. Des choses douces et inutiles. Puis le silence creusa entre eux quelque chose de pire que le silence.

Ils ne se connaissaient plus.

Elle avait perdu tout de lui, son visage, son odeur. Ses traits avaient durci. Ses mains étaient froides. Elle l'évitait du corps, du regard.

Les semaines passèrent dans ce tourbillon noir. Un jour d'automne, il ne revint pas d'une livraison en Espagne. Elle savait qu'elle ne le reverrait plus. Elle ne fut pas surprise.

C'est en décembre/janvier que les images de la mort sont les plus fortes — est-ce à cause de la grisaille du ciel comme une moisissure, une peau déjà morte — les corps s'inclinent, travaillés par une fatigue sans nom, sans âge.

Cracher, boiter, caresser la tête d'un chien, rester la main sur la poignée de la porte, sans entrer, les yeux dans le vague, faire grincer la grille, un pain sous le bras, donner des nouvelles du ciel au voisin, aux oiseaux, c'est tout cela se taire. Tisser des couleurs plus noires que la nuit.

Tant de gravité dans l'instant, celle presque enterrée des racines ou celle plus aérienne des tiges, jusqu'à toucher la rivière, le feu visuel, le paysage clairvoyant dont chaque seconde nous sommes le bourreau, tant de gravité stagnante découverte çà et là, dessous la terre avant de rejoindre.

Peut-être qu'une rage nous saisit et que sa ferveur invente un lieu dont aussitôt nous nous sentons coupables...

La nuit veut sortir, elle se cogne, elle est prisonnière, on sent ses mains froides sur la peau. On ne fait rien. On lui parle. Elle avance dans cette prose compacte comme dans un champ, un espace labouré dont l'œil peut palper la terre, la main, le cercle, on tourne sur soi-même, on est fier, à l'horizon, les sillons déferlent contre les bords — tout ce travail commencé par un autre nous prolonge, nous déborde, nous traverse.

C'est fascinant cette chose qui court, ni ombre, ni lumière, mouvement de quoi vers quoi ?

Mais cette vitesse ressemble aussi à une pure lenteur. L'automne a ses décompositions.

Le goutte-à-goutte des pluies. L'herbe qui pousse. On dirait que l'éternité se glisse là, faute de place dans l'univers. On dirait que l'éternité arrive dans les mains au moment où celles-ci, abandonnées par les outils, ne saisissent plus rien.

Et pourtant elles continuent de sarcler, d'étreindre.

Il y a donc cette parole des hochements de tête, des corps qui vont et viennent, cette danse inaudible d'une phrase qui ne sera jamais, tout le pays s'en imprègne.

Elle s'était inventé un ange. Elle lui parlait souvent. Pas un ange d'église avec des ailes, des *elles*, de la blancheur. Pas un ange de bondieuseries, non, un ange comme une tache sur un mur. De l'humidité. Presque rien.

Quelque chose qu'on regarde et qu'on reconnaît.

Un ange comme un épouvantail au milieu d'un champ. Une masse, une présence. Un ange — pas besoin de prière, d'ailleurs on dit ange parce qu'on n'a pas d'autre mot — il y a parfois des arbres qui ressemblent à ça, des pierres, des buissons : ils ont comme une sorte de silhouette, une ombre, un profil qui nous rappelle une histoire. Ou une façon de s'incliner légèrement vers la terre.

C'était venu comme ça, à son insu. Comme tout le reste d'ailleurs. Ou peut-être parce qu'un jour, elle s'était mise à parler et que, dans la maison, sa parole faisait comme un écho. Une deuxième personne. Un souffle, quelqu'un en face d'elle.

Elle n'entendait pas les réponses. Mais des « *choses* » arrivaient dans sa vie et lui faisaient comprendre qu'elle était entendue.

Son corps, son sang avaient pris une lenteur. Sans qu'elle le décide vraiment. Un engourdissement.

Le geste le plus simple (choisir un verre, aller le chercher dans le buffet, le poser sur la table, à cause de l'essoufflement qui la gagnait au moindre effort dans la poitrine, de la douleur dans les jambes) devenait une trajectoire, une stratégie. Puis un soulagement.

Elle connaissait tous les bruits autour d'elle. Et même plus loin. Elle avait de la tendresse pour les choses les plus futiles. Le frémissement de la glycine. Une vitre brisée dans la véranda, mais c'était plus rare.

Sa maison était peuplée d'animaux étranges, invisibles, qu'elle appelait par toutes sortes de noms affectueux, « *mon mauvais sang, mon tout petiot, ma caille* ». Elle les caressait des journées entières.

Elle les nourrissait patiemment à grand renfort de miettes, de coupes de lait qui rancissait, de couennes grasses que l'unique chat du village finissait par dérober. Les araignées ne s'effrayaient plus sur son passage, elle les apprivoisait. La furie des ailes dans la toile ne brisait rien. Elle libérait une des victimes, quelquefois, en lui souriant.

Les oiseaux étaient ses préférés. Ils se faisaient plus rares à l'hiver. Elle se sentait abandonnée.

— La lumière est vivante. J'en doute parfois. Je la vois, paresse engorgée d'eau, de grisaille et de mort, cette blanchisseuse de ciel, éteindre la vie autour de moi, la repousser très loin dans les masures, sous les paupières pensives des guetteurs. Sur le vernis brillant des macadams. La matité des gouttières. La transparence des feuilles de glycine. Elle est là, elle n'est pas là. Tout est figé dans son lait, comme au début du monde. Les gouttes au bord du prunus s'arrêtent. Le moindre tremblement sur une branche, sur la peau fragile d'une nervurée verte — alors que le vent est nul — et on dirait qu'elle respire sous les branchages. Qu'elle y enfouit son visage fureteur. Qu'elle s'est étalée mollement dans les choses et que son sommeil est cette petite absence de la matière.

La lumière est une personne. C'est évident pour tout le monde. Parfois je la laisse entrer. D'autres fois, elle m'agace. Elle est trop claire, envahissante. Comme imbue d'elle-même.

Je préfère son côté timide, entre la grisaille et l'effacement, sa silhouette entre chien et loup, lorsqu'elle rase les murs, les toits des granges, et que les hommes hésitent à sortir ; sa petite mine d'enfant battue, quand elle vacille dans les chandelles, lorsque les toits des maisons grisonnent un peu, et que se noient les formes juste avant la nuit : j'aime quand elle monte à pas de loup, avec ses mitaines, et qu'elle semble jaillir de partout, de nulle part, du ventre des choses. Du dedans le plus noir, le plus absent, comme un ver dans le fruit. Ou peut-être tombée du ciel, pluie sèche, encre laiteuse, germant de terre comme une fleur, un champ de blé.

Elle est une fille légère avec ses airs moqueurs, son pas d'entremetteuse. Elle arrive sans bruit, là où notre désir.

Elle enveloppe chaque chose de son ombre, lui donne une profondeur, un éclat. Une fragilité *or gris*. L'envers du monde.

J'ai alors de longues conversations avec elle. C'est normal, elle sait tout. Et tout se sait au village. Du coup les gens m'évitent. M'accusent de trafiquer. Débusquent tôt le matin, sur mon visage, les traces de nos babils.

Quand j'ouvre les volets, elle débarque à pleins flots, superbe créature. Mais trop parfumée, trop sûre d'elle. De ses aisselles me viennent toutes les senteurs nocturnes : avec qui a-t-elle roulé ses flots ?

Elle s'est glissée sous les draps. Dans le miel des dormeurs. Sous les paupières du tilleul. Entre les lèvres du salpêtre. Sur le front des lièvres. À l'épaule d'un lit. Cheveux des ronces. Langue de mûre. Entre les jambes du sel. Au fond du puits. Derrière la lune.

Devant l'arbre. Parmi les fleurs quand elles étincellent.

J'aime quand elle se pose sur le front des morts. Quand elle se niche dans leurs plis, leur froideur. Et comment elle détend leur regard, leur sourire. Comment aussi elle roule dans les larmes de la veuve. Et brille en perles roses. Puis se reclaque sous le couvercle, cogne pour qu'on lui ouvre. Gratte de toutes ses griffes le velours. Comment le lendemain elle se fait terreuse, se laisse glisser dans le trou, asperger de terre, de mains de pétales. Et comment elle sort par l'interstice. Comment elle grandit à nouveau pour se dresser dans la tige des roses. La croix en marbre blanc. Le dos du cantonnier.

Comment elle ricoche, s'éparpille, se rassemble. Rougeoie doucement dans les chairs d'une bête fendue de haut en bas sur son crochet de fer. Comment elle coule, roucoule, s'évapore, transperce. Tue d'un seul éclat. Puis adoucit les yeux du nouveau-né d'un voile comme une attente.

Comment elle germe, mûrit, s'étale de tout son long. Dort sur le ventre. Engorge les vitrines. Comment maligne elle est dans l'œil d'une nature morte. La rondelle de citron. Poisson pénis. Le verre à pied. Le grain, le bout, le noyau. La carafe. Comment elle caille, gicle, asperge les parois. Se fige en cercles moelleux. En fraises des bois. En ceps, en bolets. En mousses et fougères. Troncs de chênes. Peupliers. Courbature de saule. Abcès d'horizon. Berges ivres. Hérissons, sangliers, chenilles.

Comment elle se recueille, tout à coup, se fait toute petite, de briques et de bois peints, s'incline vers le sol, joint doucement les mains, sur le vernis. L'escalier d'eau bénite. Le front de la vieille fille qui balaie le sol. Comment elle chuchote, psalmodie, tousse et crache. Écrase la queue du chat. Éclate en volées de cloche. En village vu d'en haut. En ruisseaux, en casquettes. En facteurs et voitures jaunes. Pour se plier en quatre dans de petites enveloppes.

Comment elle suinte, les jours de pluie, dans l'âme des vieillards qui disent ne pas en avoir, vous lancent un œil mauvais, se touchent le bas du dos, là où la lumière leur fait mal, se redressent, vous montrent une direction, là-bas, là-bas, leur dernier terrain vague.

Comment elle éclate en pagaille, le jour du marché, dans une volée de prunes, bleues comme des ardoises ! de clairs fromages, de légumes, de chemises, de poulets cuits, d'alignements de toutes sortes et de toutes races, de chaussures — les yeux de la quincaillerie — de poissons rouges, de chaises en paille, de ceintures tout cuir, tout cuivre, et jadis le ventre des barriques.

Comment ensuite elle s'est crevé la peau pour descendre sous terre, forant le passage de son sang, jusqu'à étouffer parfois. Comment trouvant l'issue, elle s'est brûlé les mains dans des laves inouïes, des coulées bleues vivantes, où des hommes autour d'elle, enivrés, ont fini par se brûler les bras.

Comment s'est-elle endormie enfin en larges sacs sur les carrières, en tôles rouillées, tordues, hangars vidés, bâches noires, dénouant son lacet d'autoroute sur une robe en friches ?

Est-elle morte ? Qui nous le dira ?

Pas moi, mes frères, je suis comme vous, je la cherche.

On s'occupe d'elle paraît-il, dans de nouveaux commerces. Des capitaux, des projets. Et des chapelles dorées.

Des hommes nouveaux plaident haut et fort qu'elle est vivante. Qu'ils la connaissent. Qu'il faut garder espoir !

Je voudrais bien les croire.

Comme mon père et mon grand-père en ont cru d'autres.

Bien avant moi.

On ne se console pas de la mort, jamais. Ni du pourrissement des chairs de l'être aimé. Du regard doux et froid qu'il prend soudain comme indifférent. Du toucher de sa peau.

Il faut avoir serré un gisant, une fois, entre ses bras, pas tout de suite, alors que les muscles sont encore tièdes, juste quelques minutes après, pour ressentir la sainte horreur de ce qu'est vivre, et de ce que sera l'anéantissement.

Il faut avoir vu un être étouffer, suffoquer, la face blanchir, les yeux se révulser un peu plus chaque jour, la langue pendre hors de la bouche, pour comprendre tout ce qui nous est donné, retiré, dès l'instant de notre souffle. De notre entrée dans le monde.

J'ai guetté les lumières, à ce moment-là, toutes sortes de lumières, pour scander, scruter l'énigme, la saisir, la débusquer au buisson, au sortir, son moment le plus fragile, polaire.

Celle de la peau est la plus frappante. Ça s'éteint d'abord par là.

Le sang se retire sur la pointe des pieds. Il stagne dans les endroits de survie : le cœur, les poumons. La peau, non.

Le sang quitte la peau en premier. Elle n'a plus besoin de beauté. Elle se rétracte, réchauffe une dernière fois les os.

La lumière ensuite devient profonde dans les iris. Deux trous d'ombre et de bouche. Comme une présence derrière le front. Les sourcils. Quelque chose recule.

Les mains aussi pâlissent. Elles repoussent puis s'agrippent dans un va-et-vient de fièvre. De sursauts. Une aube difficile à lever. Elles puisent des eaux noires, lapent le vide, lèchent le temps. Elles sont filles soumises, humbles, tremblantes.

On ne meurt pas sans la terre. Sans horizon. Certains partent avec la colline, d'autres, les étangs. Les pierres, les arbres. Si la terre est rouge, le mort est rouge. Les fruits déferlent. Les oiseaux picorent les yeux. Et c'est ainsi à chaque fois. Le mort a dans sa bouche un œuf. L'œuf de la lumière et de la terre.

En Pologne, on habille les enfants comme des princes. Leur lit est dans la cuisine. On ne veille pas leur mort. Ils vivent là, immobiles, dans une présence de porcelaine. On leur parle. On les caresse, on les berce, on les touche. Cette chose qui nous fait peur nous manque.

Quand je revois l'image, cette cathédrale d'acier, et ses arrachements de nerfs, de poutrelles à vif, jusqu'à la nudité, la victoire totale du terrain et sa platitude herbue, indécente, sa vastitude de rien, c'est à l'enfant mort en chacun des forgerons que je pense.

On ne dit pas forgeron : mais métallo.

Par où ? par quelle bouche, quel orifice, pourrons-nous cracher et nos morts et notre mémoire, jusqu'au dernier jus des fleuves débordant à chaque automne pour laver le sol ?

Peut-être que, n'ayant plus d'espoir, la lumière après avoir bleui, rougi, blanchi jusqu'à disparaître sur les cheveux des hommes, redescendra en leurs ventres, puis, comme une rosée, au bout de leurs verges, touchera l'espace comme jamais. Peut-être que la neige reviendra dans les pommiers et que cette fois, les mains ramasseront les pommes. Peut-être enterrons-nous nos morts en connaissant leurs prénoms. Leurs visages. Et comment ils auraient aimé qu'on les couche. Peut-être que l'homme mangera les loups. Et que la mémoire tiendra les rênes.

Peut-être que la lumière se fera si rare qu'il nous sera enfin possible d'aimer.

La porte d'entrée avec sa vieille grille en fer forgé, quatre feuilles d'acacia dorées, un verre martelé opaque, une ferrure noire et large comme une bouche pour le passage des lettres — ça ne servait à rien, le facteur n'avançait plus jusque-là et déposait le courrier dans le bout de gouttière rond en plastique sur l'appui de fenêtre, ça l'obligeait à donner une forme circulaire à toutes les missives, mais depuis longtemps elle ne recevait plus de courrier — la peinture marron, écaillée, laissait apparaître, comme une blessure, la peau d'un bois clair, le tour de pierre bleue en quinconce avec le bas goudronné, pour l'humidité : elle regardait tout ça, comme la première fois, perdue, éblouie, ne reconnaissant rien, ne sachant plus où elle était.

Ce n'était pas une perte de mémoire, un dédoublement, non. Plutôt un doux vertige. Elle était là, la main sur la cliche et s'inquiétait à peine, ne se crispait plus sur ces absences devenues familières. Elle se sentait peu à peu partir, devenir le bois, le fer forgé, la clé sur la porte.

Les douleurs avançaient dans son corps comme des rivières. Elles avançaient plus profondément jusqu'à devenir imperceptibles.

Elle se laissait faire par ce mouvement au fond d'elle qui l'étourdissait un peu et la rendait insensible.

Dans les fortes crises, elle se faisait des bandages. De longues lanières qu'elle découpait dans un vieux drap et qu'elle aspergeait d'huile douce. Ou d'essence algérienne. Elle parlait à son enfant comme à un mal qui ne tenait pas en place.

Elle avait renoncé à se coiffer, à ranger ses mèches. Elle avait renoncé à elle-même, à se regarder dans une glace, à sentir bon. Si, quand même, derrière les oreilles, sous les bras, d'un geste furtif, en rougissant comme une coquette, en vitesse, un peu d'eau de Cologne à la lavande, ça la rafraîchissait.

Elle avait renoncé à son corps, à ses gestes, au goût des aliments.

Ses mains laissaient échapper les choses, les verres se fracassaient, les bols éclataient, et toute la porcelaine !

Elle fermait souvent les yeux comme pour se reprendre. Elle souriait. Elle voyait au-dedans le monde, les autres, la vie.

Elle aimait s'endormir comme ça, doucement, comme quand on glisse dans le sommeil, avec le cœur qui bat, qui bat, les yeux qui brûlent, cette douce chaleur au creux du ventre, glisser dans la lumière rouge, tomber doucement dans les paupières comme dans un grand lit.

Elle récitait un *Notre Père*, deux *Je vous salue, Marie.* Puis elle flottait, flottait comme lorsqu'elle était petite, lancée en l'air, par les bras du père, avant d'atterrir sur le cosy des grandes herbes.

— Des caresses viennent dans les mains pour les chats et les pierres, là, tout au fond, dans le rêve de toi, et dans ce rêve je m'endors, plus vivante que la vie.

Je fais un pas de l'autre côté, là où je ne te vois pas, où je ne te connais pas. Tu fais un pas aussi. J'ai pris ta main, un bouquet de fougères, une mousse, un peu de fraîcheur. J'ai pris ta main déjà, et tu ne le sais pas.

Je danse avec toi dans ma bouche, avec tes lèvres et ta langue, je glisse dans ton cœur comme un enfant.

Je suis l'orange et la mûre, je fonds de tout mon être vers ta gorge.

Prends mes mains, ma peau, il y a des bruissements dans mon corps, un animal dans ta forêt, je me défroisse où tu m'attends.

Ta parole passe dans la maison fermée : un mot lui rend sa légèreté, son visage. On entend le froissement de l'autre, la pudeur de la clarté qu'il offre parfois comme un ciel calme, une absence qu'il faut boire à longues gorgées.

Chacun voit la source, la toute petite source d'un sourire ou d'un souffle, et attend que le fleuve soit rendu visible. Cette torture est un cœur prêt à se rompre, à déverser sa cargaison de silence dans le trésor du jour, comme un mouvement pour refaire la mort dans sa prunelle immense.

Cela dure dans la chambre profonde, dans la terre. L'ombre est la putréfaction du secret.

J'attacherai mes mains, je dénouerai mon regard jusqu'à la rivière qui brille, je regarderai longtemps dans le noir de tes pupilles, pour disparaître, m'embraser, jusqu'à ce que dieu me rende mes lèvres. Je n'ai pas de corps, ni de peau, ni de ventre, seulement un visage, un regard, et un fleuve autour de ma bouche, dans mes yeux, sur mon front. Il me traverse encore, m'emporte dans l'étreinte.

Je sais qu'en cet instant tu rêves la même chose que moi. Et que tu es troublé par cette blessure.

Deux ou trois pulls tricotés grossièrement, des bas épais par-dessus ses chaussettes, deux vieilles baskets — mais qui au moins lui permettent d'enfourner ses pieds gonflés par le mauvais sang — un manteau qu'elle enfile sans les manches avec uniquement le premier bouton fermé sous la gorge, pour faire cape, et elle sort, comme un fantôme, dans le village, avance en couteau sur le chemin.

Un sac sous le bras, c'est mercredi, jour des poubelles ! Pour elle, c'est jour des courses.

Aujourd'hui c'est vache maigre. Une bouteille de lait à moitié pleine, deux tranches de jambon un peu bleuies dans leur plastique — mais en les faisant cuire ça ira — et un pain entier dans son emballage, il suffit de retirer les quelques rouelles moisies.

Elle fouille avec son bâton dans les baudruches bleu ciel. Quelle poisse ces emballages hermétiques qu'il faut crever pour voir les entrailles ! Un chien la suit, son alibi. Demain les gens s'accuseront devant leurs poubelles éventrées. Elle ferme les yeux, elle sourit. Ça les occupe. Même au village, on ne se parle plus. Une bonne dispute et les viandes s'échauffent, les rideaux remuent. On pratique l'insulte comme un sport. On lâche tout ce qu'on a sur le cœur. Au moins, le temps de se cracher à la figure, on se regarde.

Un dernier coup de bâton, la promenade est finie.

Elle recroqueville sa main pour rassembler les épluchures, elle fait ça comme une prière, quelque chose de précieux.

Un bruit de griffes au-dessus de sa tête, elle sursaute. Un rat, ou peut-être un loir, s'en donne à cœur joie dans le grenier.

Cette cavalcade lui délivre une présence tous les jours entre dix heures et midi.

Elle dégage une place minutieusement au milieu des débris sur la table. Puis elle lance son futur repas au fond d'une casserole pour le faire roussir avec quelques restes d'oignon. La graisse qui fige au fond du plat donnera du goût à tout ça.

Elle a un drôle de sourire sur les lèvres, comme une méchanceté envers elle-même, une mauvaise blague qu'elle se joue.

Les anges, quelques miettes de pain sur la nappe. Le regard ne peut plus s'en détacher. Deux, trois grains de blancheur pour le bec des moineaux. Deux, trois grains de son propre visage qu'on balaie d'un revers de la main, puis qu'on recueille au creux de la paume comme tout l'or du monde. Les anges. Du pain pour les oiseaux, brûlant, on jette son cœur, sa vie, dans le vent, sur le pas de la porte, le corps emplumé nous emporte dans son ventre, loin, si loin, qu'on touche maintenant du bout des doigts le ciel, l'air, les nuages, on est là debout, dans le texte clair du jour, on vole on se pose sur l'arbre, on dormira toute la nuit sur l'extrémité d'une branche. On dormira lourd, profond, comme une bête dans ses plis. Les yeux clos.

Souvent, elle vient s'asseoir à la fenêtre, celle qui donne dans le jardin. Elle regarde des heures droit devant. Rien. Le mouvement des herbes, les chardons. L'oiseau pendu dans la glycine. La grange a perdu quelques tôles cette nuit, à cause du vent. Le calme est revenu. Tout cet immobile, ça la rassure. Elle s'endort presque, les yeux ouverts, le point blanc des marguerites repique de la neige dans son rêve. Elle fourmille au-dedans, glisse dans les bras d'un homme dont elle ne connaît pas le visage et qui lui murmure un prénom.

Quand il y a trop de silence, elle marche, claque les portes, fait du bruit, c'est insupportable.

Quand le jour revient, elle se sent moins seule.

Le ciel lui fait quelqu'un encore, une présence sur la chaise, le mur, partout dans la maison.

Elle ferme les yeux, elle sourit. Elle essaie d'emprisonner la flamme dans sa tête jusqu'aux migraines. Elle ne dort plus : depuis quelques jours il fait toujours clair en elle.

Alors elle se berce, chantonne. L'apaisement la plonge, la ronge dans un voyage sans fin. Elle attend qu'une porte s'ouvre. Elle attend.

Quand il pleut, la pluie inonde sa cave. Sous la gouttière, le trou d'évacuation vers le puisard est bouché par de la terre et des cailloux. Elle voit, par la fenêtre, la flaque grossir, déborder vers le soupirail. Ça ne l'inquiète plus. Elle laisse les choses mener leur vie sans elle. Elle s'habitue au spectacle de son absence à venir.

Elle aime aussi toucher le ventre des laitues, couper les fanes des radis, briser la fine pointe des haricots en branche. Mettre les doigts pour goûter la terre. Pour rien. Des gestes menus comme des saveurs !

Elle garde tout à portée de main, la table, le jardin, la fenêtre, la cuisine. Elle veille, elle s'organise.

Il y a une photo d'elle sur la table. Avec un homme. Une photo jaunie. Son halo est comme un autre temps. C'est plus qu'une image. Ça voudrait bouger. On dirait que ça respire. Les deux sont comme une seule branche prise dans les glaces. On imagine un orage, une tempête. Toutes sortes de rumeurs.

Elle prend souvent l'image entre ses doigts, la défroisse, la déplace comme une relique. Il arrive qu'elle l'égare, ne sache plus où elle l'a posée, ça lui fait de petites peurs. Elle s'insulte, pique des colères, puis éclate de rire. Le papier racorni trône sur le coin d'un meuble. Ou entre les pages d'un livre.

D'autres fois elle se balance sur une chaise en fredonnant quelque chose, la photo est sur ses genoux. Elle a l'air heureuse.

Elle laisse glisser les blancs comme des couleuvres. Les images se faufilent, elle en entrevoit à peine les lueurs.

Elle attend. Et son attente est un brouillard sur l'instant, adoucissant les contours, les rendant plus proches, plus profonds. Quelque chose palpite dont elle ne comprend rien. Elle aimerait que cette fraîcheur vienne dans son corps.

Depuis quelques jours, elle ne parle plus, elle ne sait plus parler. Le manque d'une chaleur à ses côtés, la crainte de devenir folle — folle de manque, folle de solitude, folle de froid — ont serré sa gorge dans un étau.

L'hiver est venu trop vite. Comme un mauvais mal, une inondation.

Elle s'arrange pour laisser toujours une pièce allumée dans la maison.

Elle a un rhume qui ne guérit pas. De nombreuses veines ont claqué à hauteur des cuisses. Seul son regard est indemne. Deux petits points bleus. Deux lames. Deux pigeons dans la maison. Deux vagues vrillées dans la nuit, pour dire non à la mort, une dernière fois, malgré elle. Malgré tout. Deux cercles comme des yeux de neige. On entre en elle par ce ciel bleu. On sait tout d'elle. Un regard de fleuve, d'oiseau, de joie terrestre.

Elle tourne en rond dans toutes les pièces, au début, pour ne pas rester inactive, se réchauffer. Et puis à force, par instinct. Comme une bête.

Souvent, elle a pensé partir. Prendre un sac, deux ou trois bricoles, pour la route, et marcher, marcher, droit devant, jusqu'à épuisement. Se vider la tête, les muscles, se casser à petits feux dans les ornières et les chemins.

Elle aurait cherché des passages pour que personne ne la remarque. Elle aurait dormi n'importe où, sur la terre, dans les rues. Elle voit la mort comme ça.

On marche, on marche, c'est une grande fatigue qui vient. On entend des rires, des conversations, des bruits d'enfants.

Mais de loin, de très loin. L'air et le soleil nous piétinent. On respire, mais on ne le sent plus.

Les choses continuent une autre vie. Plus rien ne s'échappe.

D'abord on efface les visages, leurs contours. Puis les gestes qu'on a eus envers eux. Ensuite les prénoms.

On ne sait plus qui s'appelle comment.

Les yeux, les cheveux, les fronts flottent dans la mémoire comme des oiseaux. C'est une ronde. Un tourbillon au fond d'un évier. Tout est aspiré en bas.

Ça laisse des migraines, des courbatures un peu partout. Et puis après, on se sent plus léger.

Ce serait ça la mort, une petite vibration à la surface, un martèlement, quelque chose comme une balle sur un mur. Le passage d'un train qui fait trembler les vitres.

Il lui semble entendre des pas devant sa porte. Mais non. Qui pouvait bien venir la voir dans sa petite maison, au bout du village. Personne. Personne ne lui rendait plus visite. Elle devenait folle. C'est ce qu'elle se répétait à longueur de journées, je deviens folle. Et puis à quoi bon, ces lettres que je n'envoie jamais. Cette maison que je ne range plus. Ce linge qui traîne partout comme une présence. À quoi bon se nourrir, se laver, dormir, allumer, éteindre. Une journée, puis une journée encore, pour aller où ? vers qui ? vers quoi ?

Elle s'enfonce un peu plus dans cette nuit noire, en fermant un à un les volets. Sa respiration halète dans le silence de la pièce, elle est essoufflée.

Maintenant que la dernière lueur dans la maison est éteinte, elle se sent prête. Elle ne voit plus ses mains, ses jambes, c'est une vraie nuit, noire. Plus qu'un tombeau, une sorte d'absence. Comme si elle n'était plus là, dissoute dans la ténèbre, faisant corps avec elle, flottant dans l'air humide. Comme une poussière. Un courant d'air.

La bouteille laisse un rond sur la table, un cercle de Ricard jaune, sec, sans eau, une pleine lune ! Elle s'en verse de larges rasades dans un verre à moutarde qu'elle boit d'un trait. Ça lui brûle un peu le ventre, au début, et puis monte, par bouffées, cette seconde jeunesse, une sorte d'étourdissement, comme dans la cour de récréation les concours de gifles. Ou celle qui tournerait le plus longtemps sur elle-même jusqu'à tomber. Avec l'Anis, le goût d'un homme glisse dans sa bouche. Des images lui reviennent comme des larmes, le ciel, les champs de blé. Les yeux rouges, elle balbutie, fredonne un vague refrain d'amour, serre quelqu'un entre ses bras, la chaise, la table, son corps entre dans la valse. Elle vomit.

Notre Père qui êtes aux cieux. Elle n'a plus peur de cette absence parce qu'elle la connaît depuis longtemps, elle ne sait plus laquelle des deux a apprivoisé l'autre. *Que votre nom soit sanctifié.* Elle tend la main, là où tout à l'heure elle a posé l'aiguille à tricoter. *Que votre règne vienne.* C'est Marthe, la faiseuse d'anges réfugiée au bout du village, qui lui a tout expliqué. *Que votre volonté soit faite.* Elle fait glisser la pointe au bas de son ventre, sent la piqûre sur sa peau, la morsure, ça tire un peu. *Sur la terre comme au ciel.* Puis sous son poignet, la déchirure, avec un creux au ventre, une douceur comme un baiser. *Donnez-nous aujourd'hui.* Le sang gicle sur ses jambes. *Notre pain de chaque jour.* Elle a des fourmillements, des picotements dans la tête. *Pardonnez-nous nos offenses.* Des aiguilles encore, des coups de lance. *Comme nous pardonnons.* Et tout à coup, un bruit rauque, un coup de fer en plein cœur.

Elle sursaute, se réveille en hurlant, cherche de la main la lampe.

Une petite lumière bleue clignote. Des voix d'hommes. Son corps posé à plat avance dans la nuit comme un éclair. Une pièce blanche, immense. Et du bruit. Elle ouvre les yeux. Elle n'est plus toute seule.

Elle n'est pas seule dans la chambre. Il y a des gens qui toussent, qui ronflent, des hommes, des femmes, dans cette grande pièce blanche, et cette mauvaise odeur d'alcool, ça sent l'hôpital, on ne sait pas, quelque chose d'âcre lui tord les lèvres, le sommeil, l'empêche de dormir.

Depuis combien de temps est-elle là ? Elle ne sait plus, elle ne dort plus. Plus vraiment.

Tout se dessèche en elle, ses bras, ses jambes, sa volonté.

Elle est recroquevillée au fond du lit. Elle sent les autres qui la surveillent, l'épient.

Elle range tout dans sa tête, une à une les images défilent, elle a de grands éclats de rire, des crises de larmes, elle s'étouffe, l'infirmière accourt avec ses mains douces et tièdes, « *là, là, comme ça, tout doux* », mais ça ne passe pas, les images arrivent encore et encore comme un orage, minutieuses, blanches, vivantes à en mourir.

Elle n'est plus jamais seule, ni dehors, ni dedans.

Elle pisse sous son corps, là, comme ça, personne

ne la regarde. C'est chaud, ça monte dans son ventre, comme à vingt ans.

Elle sait que, dans quelques minutes, ça sera tout froid dans son lit. Tant pis. Ça glisse sur ses jambes, c'est bon. Dehors, il y a un peu de soleil. Ça gueule partout autour d'elle. Par exemple, la vieille, trois lits plus haut, et qui ne veut pas mourir, alors qu'elle a les jambes qui pourrissent. Et l'autre, l'autre qui gémit, on ne sait plus pourquoi. Même quand on change sa position entre les draps, elle gémit.

Maintenant que c'est fait, elle sourit, elle est heureuse. À quoi bon déranger l'infirmière ? Avec ses mains sèches, ses gestes brusques, introduire la sonde, abaisser le bidet, ça pince, ça blesse, on serre les dents. Tandis que là, c'est bon. Elle passe sa main entre les jambes, elle touche. Elle renifle ses doigts.

Il doit y avoir des fleurs dans les pommiers. Les chiens, ça leur reprend de se monter dessus. Normalement c'est le printemps. Ici ça pue l'éther, le vomi, l'urine. Mais normalement c'est le printemps. C'est quoi déjà le printemps ? Une envie de courir, de pleines brassées d'air frais, à vélo, sur la route ? Un peu de fatigue parce qu'on n'arrive pas à vivre ?

Elle renifle encore ses doigts. C'est l'odeur âcre de la forêt, l'écorce pourrie, les mousses. Elle marche droit devant, s'enfonce dans cette chair ivre, ces troncs bleutés, ces ronces comme des coffres qui la recouvrent. Un sanglier se jette sur elle. Elle lui suce le sexe, s'accroupit, lui tend son ventre, et sous le groin, une langue dure, râpeuse, la fouille, elle jouit.

Elle renifle ses doigts, elle ferme les yeux, elle sourit. Elle n'a l'air de rien, un peu absente, un peu folle. Quelqu'un lui parle, à ses côtés, elle doit le connaître, elle ne sait plus. Ça doit être un membre de sa famille, une amie, ou quelque chose comme ça. Les mots tombent comme des choses mortes autour d'elle, un bruit de margelle, de pas dans l'escalier. Elle entre.

Autour d'elle, on s'agite, ce sont les gens de l'hôpital, mais vus d'en haut, en tout petit. Qu'est-ce que je fais là ? Elle tente un geste pour sentir ses doigts, son urine. Rien. Elle voit un corps pâle, dans un grand lit, avec un visage qui lui ressemble. Elle a peur. La main est légèrement recroquevillée sous la bouche.

Soudain son lit devient le centre. On s'affaire autour d'elle comme jamais, comme autour d'une reine. Oui, une reine. C'est donc cela l'éblouissement : la couronne peut-être.

Puis tout s'accélère. Elle est projetée dans un boyau sombre. Les parois défilent à grande vitesse. On la jette dans quelque chose, quelque part. Elle y est maintenant. Voilà. Elle touche enfin la fraîcheur du printemps, à sa surface.

Depuis combien de temps est-elle le miroir du balancement de cet arbre dans le parc en face de l'hôpital ?

Depuis combien de temps est-elle une flaque ?

L'endroit est clair, il y règne une grande fraîcheur, non seulement par l'inclinaison ébouriffée des saules — les sorcières — ni par la voûte immense d'un tilleul dont les racines soulèvent le lavoir, le lézardent au cœur, mais par l'humeur qui s'en dégage : est-ce le jaillissement de l'eau ? les millions de gouttelettes qui continuent leur trajectoire ? l'exposition à la lumière : la fontaine est orientée comme un temple, avec son entrée à l'occident, et son faîtage plein orient ? quelque chose s'exhale ni des pierres ni du ruisseau et flotte, s'infiltre, détend le promeneur.

Au cœur du Pays de Flandres, dans des replis d'argile et de forêts, aux marches d'un petit village à l'encoignure de ciel et de schiste, se dresse une grande statue de femme, en pierre bleue, adossée à une fontaine, avec cette inscription, sur son socle, en lettres capitales : *La Sainte Pisseuse.*

Une légende raconte qu'un compagnon tailleur de pierre, en fin de marche de sa maîtrise, à qui l'on raconta l'histoire d'une femme s'étant cloîtrée à mort dans sa maison, par fidélité envers un homme, décida de lui rendre hommage en réalisant ce chef-d'œuvre.

Au cœur du Pays de Flandres, les hommes ont des jurons comme des mots de passe, des cris de chouette : de la corne sur les lèvres ; ils hochent la tête sans rien dire, regardent loin : on est à côté d'eux comme des enfants ; un seul de leur regard fait craquer notre carcasse.

On est brisé par une présence dont on ne sait rien. Par cette mémoire dans les goitres, les touffes de poils, les nids pendus comme des voleurs dans les branches, les hectares de terres nues. Orphelin, un peu de boue sur les jambes, par cet enfant que l'on croise chaque soir, à la même heure, dont la canne et le pied-bot donnent à la démarche la dernière image d'un film de Charlie Chaplin. Par les montagnes de fumier, les meules de poireaux, la boue de la lumière. Le chien qui, à la sortie du virage, poursuit toujours les voitures. Le dépouillement, le gel, et demain leurs fruits.

La fièvre des beaux coqs s'est doucement éteinte. L'ardeur qui nous effrayait est une maison abandonnée qu'on rafistole au jour le jour.

Quelques bidons conduisent l'eau des gouttières, en cascade, jusqu'au tout-à-l'égout du ruisseau.

Pas besoin de cordes, de poulies, de camisoles.

Ici est comme une petite mort dans les clochers, les toits pointus, et tout ce qui s'éloigne.

Les flaques, partout sur le chemin, sont des visages qu'on piétine.

Les enfants y sautent à pieds joints. On les gronde.

Les enfants y sautent à pieds joints.

Ils ont cette joie profonde d'une faute. Cette chose qu'ailleurs, en d'autres lieux, on appelle un baptême.

J'écoute le bruit que fait mon sang, et la pluie battante. Je recrache le goût de la terre. J'attends la nuit pour me délivrer encore de toutes ces forces.

Le dragon et la ramure

Remerciements à Marie-Pierre Dion,
conservateur de la bibliothèque de Valenciennes,
pour la consultation des incunables
dont la Bible de Saint-Amand
du troisième quart du XIIe *siècle, en cinq volumes.*

Qu'arrive-t-il à ceux dont le malheur a détruit du dehors le je ?

SIMONE WEIL,
La Pesanteur et la Grâce.

À Jean Dauby le Sawalo
de la rue des Jonquilles

« Peu à peu mon corps est devenu blanc, livide, comme la neige des cierges, le sel en a pénétré doucement les pores, je ne sens aucune brûlure, j'ai vu ma chair rosir au fil des jours, et Agate se pencher, en pleurant sur moi, me retourner dans mon coffre comme un enfant sur sa couche, me couvrir à nouveau de sel, j'ai la sensation de flotter partout, sur les choses les plus humbles, les plus grandes, la maison, la rivière, le bol où Agate pose ses doigts, l'encolure de sa robe, la terre sous ses pas, je sens dans mon dos une force m'arracher du sol, j'entends le ciel y battre, mais je ne le vois pas, ma pensée et mes actes sont le même miroir, il n'y a plus ni nerf ni muscle à cette présence, je souffle des mots à un homme penché sur une table, lui-même ne sait ni d'où lui vient cette mémoire ni comment elle se nomme, je trouve l'apaisement des paroles couchées, et peu à peu me délivre de ce que Dieu, dans sa rigueur a cru bon exiger de moi, je trouve l'apaisement d'être et mon esprit est comme un lac sur le monde...

Maintenant que les terres sont loin de mes mains, que le silence remonte encore le fleuve de ma gorge et qu'il inonde mon sang comme un désert, maintenant que je suis tout à la fois, le plus clair et le plus noir, que toute chose me blesse et m'enchante, que le moindre baiser sur la terre m'exalte, la moindre blessure me brise, j'accomplis la trajectoire de mon âme, je boucle le haut et le bas, je m'ouvre au déferlement qui féconde.

Les tourterelles gémissent comme des femmes. Derrière la vitre, leur chant ressemble à des extases, à des soupirs. Et je suis cela, le lien et la paroi.

Quand je flotte ici, quelqu'un me parle, que je ne connais point. C'est la couleur de la terre. Son odeur peut-être ? Ou comment elle se dénude et se retourne dans le sillon. C'est l'air tout entier. Le ciel ? L'enlacement des pluies ? Je marche. Mon corps avance avec la confiance de l'enfant. Cette Toute Splendeur que je ne puis nommer — l'idée de son nom seulement me réduirait en poussière — j'en fais une étoffe, un linge, le doux tissage d'une pensée. Peut-être alors mon âme sortira-t-elle de sa gangue, mon cœur saignera-t-il, et dans ces larmes trouverai-je le plus pur de moi-même comme une alliance. »

Les terres, sous le choc de la charrue, courbent leur dos de bête fatiguée. L'horizon ondule comme une femme sous les caresses. Dans la plaine, le ciel n'en finit pas de boire son lait.

Justin ramène du bout du village, *le Riot Saint-Georges* au gué du *Viterland,* les deux chevaux harassés. Il avance dans une quiétude infime et claire, un épuisement consenti, invisible ; la charge lui semble moins lourde. Il ressent la montée de l'automne aux mêmes blessures qu'un arbre : à cet engourdissement, cette lourdeur qui lui prend tout le corps, une fatigue sourde remontant des brumes profondes comme une douleur l'inclinant davantage. Il eût pu rêver dans cette prophétie, ce passage des terres à travers lui, à un envol, à une douce montée de son esprit vers une extase. Mais le mors des chevaux est trop lourd à conduire.

Ce qui murmurait dans ses veines était un amour terrestre immense. Et l'attention qu'il portait aux récoltes, une sorte d'éveil. De don total.

De carrure puissante, forgé aux travaux les plus durs, son corps était capable d'efforts soutenus et pouvait endurer le jeûne, le labeur. Jusqu'à des limites rares.

Cette vie, pourtant, n'avait jamais blessé une autre part en lui plus lumineuse.

À sa naissance, la mère mourut en couches : les moines de l'abbaye de Saint-Amand le recueillirent et le nourrirent au lait de brebis. Ce sont eux qui choisirent les deux syllabes de son prénom : Justin. Le juste et le thym : plante avec laquelle, pour le sauver de syncopes et d'évanouissements fréquents, ils frictionnèrent le corps de l'enfant.

De ses premières années avec les moines, Justin avait gardé les odeurs d'encens — mais des fleurs aussi dans les jardins — les grandes tablées silencieuses, l'enlacement des mains sur les bures, le bourdon lancinant des chants, des prières, prime, sexte et none, les volées de cloches, les agenouillements, le crissement des pas dans l'allée du prieuré, l'odeur humide des pierres... et d'autres choses comme une nostalgie de la mère, tout entier réfugié dans l'humilité, la sagesse des travaux de la terre.

— La mère en nous donnant la vie s'endort. Le sang roule dans son ventre et glisse entre ses jambes comme une étoffe, un sang rouge et terne, mauvais comme un rapace, un sang qui toute la vie tournera dans notre corps comme une écharpe, une bête en cage, une étoile.

Deux mains blanches nous prennent, nous serrent contre elles, s'agenouillent à nos côtés, elles disent quelque chose comme ça, « *ne pleure pas, ta mère ne va pas mourir, je vais prier avec toi... Notre père qui êtes aux cieux, que votre nom soit sanctifié, que votre règne vienne...* », deux mains blanches nous frottent, nous caressent.

Mais c'est le sommeil qui vient comme une brute, nous rendant aveugle une seconde fois. Ébloui du dedans par les ombres.

Des petites choses tournent devant les paupières comme une présence. Cet instant-là, et parce que la mère est absente, le ciel s'engouffre à nos flancs.

Nichée contre un trou noir, la bouche tète doucement la nuit. En fouillant le ventre du monde avec ma bouche, je retourne à cette absence de sang et de ciel, je tète à nouveau le lait froid de la mort, et celle qui se vide doucement loin de moi coule enfin dans ma gorge.

« Mon ange, j'agenouille mon cœur jusqu'à ta pluie, je me roule dans ton être, fracasse-moi, mange ma sueur mon dedans mes mains, brise mes os, ma colonne, fends-moi le visage, disperse mon sang ma chair, d'une pièce voisine me parvient ton silence, et cette chambre, c'est ma chair, Ange, mange-moi par les larves et les ronces, crache-moi à la face du monde pour que je naisse encore dans ta chute, et te déchire. »

Rêvant à la surface de l'air, sans jamais passer de l'autre côté, recommençant, sans cesse, dans la longitude des matins, toujours vers le ciel, comme les morts, quelque chose s'échappe, cherche une issue, vers le haut. L'enfant crie.

Un peu de fatigue, la fonte des chairs. Le ventre délié de ses urines glisse à nouveau dans le ventre, ruisselant de larmes simples, bouche ouverte, tétant le bleu des mousses sur les arbres, le bec des oiseaux, tétant les larmes de la glycine, le sexe des femmes, leur sucre de pubis et d'ange, tétant l'écorce rouge d'un prunus, les yeux de l'aube pour voir derrière, écarquillé, pores ouverts au bain sacré, le lait de l'éminence et du bref, foudroyé encore au plus dedans des lèvres, animal priant la terre de lui faire encore un nid, une langue, et peut-être flottant dans le bourdonnement des insectes, débarrassé de l'enveloppe blanche des larves.

Se reprenant comme un nageur, les deux bras poussent en arrière : sortir la tête du ventre en sang, du couloir qui l'enserre et clôt quelques sursauts autour de la fontanelle. Vomir l'eau du dedans, les traînées rouges, l'attente, laisser le torse brûler comme un volcan. Inverser l'horloge, remuer le sang d'un seul coup comme une torche, vais-je naître à nouveau ? cogner la tête dans la lumière, pleurer pour laver le bas de tous ses excréments, et sentir un baiser ouvrir les lèvres, glisser en soi l'inconnu comme un lait de silence et d'amour. La brindille tiède d'une peau.

Enfant, Justin aimait se glisser dans le scriptorium, entre la maison de l'abbé et le cœur de l'abbatiale. Et là, derrière une colonne, épier l'arabesque des moines écrivant.

À l'heure de la rosée un peu tiède et des lumières à peine écloses, il longeait la longue nef où depuis une heure déjà les moines chantaient *Matines.* Et restait seul avec les ombres à tourner des orages de peaux entre ses mains. Il caressait les ais de bois recouverts de cuir. De veau blond ou de veau brun. Il se penchait sur le grand coffre des livres.

Ses yeux mangeaient la lumière noire. La lumière blanche. Le feu continuait tard dans la journée à briller dans ses pupilles.

Lui, si sauvage, à jeter des pierres dans le puits, dans les arbres, au cul des bêtes, était pris tout à coup de silence et de lenteur : il s'inclinait sur la double feuille d'un parchemin prenant dans sa main droite la plume taillée et dans sa gauche le couteau pour bloquer. Il mimait la *sainte ferveur.* Il ne savait ni lire ni tracer. Mais le rude labeur des soldats du Christ l'impressionnait.

Sous ses mains, les injonctions d'une copie achevée semblaient chuchoter de malice : « Attention à vos doigts ; ne les posez pas sur mon écriture. Vous ne savez pas ce que c'est que d'écrire ; c'est une corvée écrasante qui vous courbe le dos, vous obscurcit la vue, vous rompt l'estomac et les côtes. Prie donc, mon frère, pour le pauvre Sawalo, serviteur de Dieu. »

Sawalo était un artiste connu dans la région. Fier de son art, il signait les tapis qui inauguraient ses manuscrits.

Le soir, juste avant l'office, Justin était admis à ses côtés. À portée de main, le bénédictin rangeait ses outils comme des reliques. Des objets saints. Tout ce dont il avait besoin pour l'enluminure ou la copie s'alignait religieusement devant lui. Plumes d'oie et de corbeau. Plumes de bécasse. Pinceaux en poil de martre ou de vair usés longuement sur le porphyre jusqu'à la pointe fine. Pour certaines de ces Belles du Seigneur, Justin avait des anecdotes savoureuses ; les oiseaux ne cédaient pas facilement leurs atours.

Un filtre de tissu pour passer les liquides était à la tête d'une armée de filles : plusieurs fioles au ventre rond et aux allures impertinentes.

D'un côté les liants : blanc d'œuf trituré dans une éponge ornée de six yeux de girofle. Colle cerbura volée à la corne du cerf. Colle de peau de lapin, de parchemin ou de poisson.

De l'autre, les jus aux reflets acides, dont la volonté déjà projetait des rêves sur la pierre : vin, vinaigre, cervoise, citron. Urine d'âne... ou urine d'homme pris de boisson : si un moine s'était un peu oublié dans le vin de messe, Dieu lui pardonnait puisque cela aidait à de beaux manuscrits. Sucre, miel — plusieurs fois Justin fut grondé à y tremper les doigts. Os de seiche pulvérisé. Alun. Chaux d'œuf, obtenue par le sommeil des coquilles dans du vinaigre. C'est là que fut révélé à Justin le prénom de son amoureuse puisqu'*agate*, dite aussi *dent de loup*, était la pierre pour polir la feuille d'or.

— Les livres sont à l'abbaye ce que les armes sont au prince !

Justin sursauta. La voix grave du maître l'avait tiré de sa torpeur. Il aimait le surprendre, rompre le charme. Et lui poser des questions difficiles.

— Tiens, donne-moi ce qui, autre que l'*agate*, fait briller l'or sur la page !

L'ordre devenait bric-à-brac. Devant ce choix d'ustensiles, la vue de Justin se brouillait. Il rougissait, perdait contenance, figé de la tête aux pieds entre les colonnes.

— La dent de sanglier ! La dent de sanglier ! criait le moine en riant à pleine bouche. Je t'en offre une pour que tu t'en souviennes...

Saisissant la patte de lièvre pour lisser amoureusement l'enluminure achevée, Sawalo poursuivait.

— Où la rivière cache-t-elle son jaune le plus brillant ?

Pétrifié, Justin, parce qu'on lui demandait, perdait toute mémoire.

— Ton silence est la réponse, bougre de niais ! Tu es muet comme une carpe ! Et c'est sa bile, le fiel de la carpe qui donne le jaune le plus pur !

Souvent, les gestes de Sawalo hypnotisaient Justin. Ils exprimaient la puissance et la grâce. Le don total. Et le refus. Ils pouvaient caresser, briser, étreindre.

Dans les coquilles de moules saisies entre le pouce et l'index de la main gauche, Sawalo préparait ses couleurs.

Le *Rouge-Cochenille,* le *Vert-de-gris au sel* et le *Pourpre-Murex* attendaient au cœur de leur nacelle un effleurement. La danse des doigts sur l'arc-en-ciel.

Justin posait une seule question sur l'art de l'enluminure. Sawalo s'enflammait.

— La main, en écrivant, touche le monde, Justin. Elle l'incendie. Retrouve chaque souvenir. Les ombres accourent. Les contours retentissent de soies rugueuses, d'appels. Et ce qui chante, lève, réchauffe les parois.

Il y a la main des fruits, pommes, citrons, framboises. Celle délicate qui soupèse, hume, et s'approche de l'énigme. Se glisse dans le ruisseau des saveurs. Accueille le pubis d'une pêche comme une joue d'enfant. Parce que la neige est déjà dans l'épluchure, une immensité sous le nerf des fontaines. Une peau à venir.

La main connaît la pluie, l'orage, le temps qui va nous saisir. Et comment les nuages fourmillent dans le sang, recourbent les doigts un à un, dans l'abandon, quand enfin la docilité des vieillards ouvre plus loin leur visage. Et que vivre est cette pauvre chose, gorgée de temps. Une racine posée sur la table.

La main est un arbre devant les yeux, elle filtre le soleil en fontaines. Et dans la chambre tout à coup, c'est le signe. Le front du ciel et ses poussières.

Nous ne savons rien de l'*Ange,* à part cette éclaircie, ce mouvement qui nous traverse et flotte dans le regard. C'est le corps étroit. Le rayon oblique.

Toute fenêtre est cathédrale, tout regard, vitrail.

La main se souvient de la division du monde et comment le rouge-gorge, de son chant vif, créa les cinq doigts de l'étoile.

Il suffit d'un passage d'un effleurement, et c'est la main des mères. La main douce, *sainte,* offrant le lait à nos lèvres. L'infinie tendresse.

La main est le berger de l'ombre. L'ombre des mots. L'ombre de rien. Elle rassemble. Une île entre le visible et l'invisible. C'est par là qu'elle touche les morts, qu'elle les caresse et leur parle ; ils posent leur front glacé entre nos doigts. Et l'on se surprend à tracer dans l'air des arabesques de semailles. À abattre des arbres de verre. À détourner des rivières muettes...

Ainsi parlait Sawalo, de longues heures. Comme une prière. Oubliant l'espace et le sablier. Face à sa copie. Le scriptorium se remplissait du souffle divin. La nuit glissait ses épaules de velours bleu. Justin s'apaisait...

La beauté de cette parole large comme un fleuve berçait ses yeux de larmes.

Son âme portait une empreinte dont jamais il ne parvenait à toucher les bords. Il s'endormait à même la pierre.

Sawalo le recouvrait de sa bure pour qu'il ne prenne pas froid.

À chaque halte des bêtes, pour boire ou poigner un peu d'herbe rare, Justin reprend souffle, abandonne son regard à une étendue, une couleur, couche sa fatigue comme une jeune fille. Puis secoue la tête à cette langueur, pour lui dire non, je marche. Les terres de son visage tombent dans ses doigts comme une neige du dedans. Des oiseaux qu'il rassemble parfois d'un geste large vers lui-même. Puis qu'il plaque au sol en baissant les yeux, une main sur la poitrine. Sa semence lui fait une auréole dans les cheveux. Autour de la bouche aussi.

Après le franchissement d'un sentier rude, un vieux chemin par où étaient venus les anciens, il dépasse le tronc mort d'un arbre et se signe : les grands pommiers, le soir, ressemblent à des guerriers couverts de cicatrices, à des veilleurs sages postés en sentinelle sur le monde.

Tous les outils de ses pères, de ses grands-pères, il en garde l'empreinte dans la courbure, la convulsion des phalanges. Il a beau dresser, épuiser sa paume à prier, elle reste un grand fauve, une flamme. Un serpent. Un oiseau mangeant ses excréments.

Il a un prénom trop doux pour son visage. Souvent, il ouvre l'espace à plat devant lui comme un mendiant et n'y dépose que le crachat de sa force. Comme avant l'ouvrage. Comme avant d'empoigner une pierre pour souquer le monde.

De profil, il est celui qui toujours s'effondre, se déchire et scrute sa défaillance, le plus pur de lui-même. Sa fierté est reptilienne.

Quand il se penche, les os croisés sur les genoux, corsaire de rien, le martyre de sa bure lui étrangle le dos.

Alors il hausse les épaules, s'invective, secoue la main pour qu'elle tombe. Rien à faire. Le corps tient.

Même assis, des fontaines le traversent, lui trouent le ventre, l'anus, jusqu'à cet œil qui se forme dans sa bouche, et qu'il recrache, et qu'il repousse, et qu'il recrache pour rester vivant.

Il est le Christ blanc qui regarde le Christ rouge et lui dit une toute petite chose que personne n'entend. Il efface quelque chose d'invisible, de sale ? devant lui, quelque chose d'invincible dans l'air. D'un geste à l'autre, il s'échappe. Un vieux corbeau à l'entrée du champ crève l'orage de son crâne.

Des souvenirs alors montent en lui comme des cierges.

Je me souviens, c'était la nuit. Agate s'était glissée à travers la haie. Une pierre posée sur deux brindilles était son message.

— Retrouve-moi dans le baptistère derrière les framboisiers.

Nous nous accroupissions dans la niche en forme de croix, sur des pierres plates. L'ombre de la chapelle était notre gardienne. Les cercles de roses grimpantes et la fraîcheur cachaient nos premiers mots, nos premiers gestes l'un vers l'autre.

— Tu crois en Dieu, Justin ?

La voix d'Agate bruissait comme les hautes herbes. Je prenais un air grave. Cette question m'inquiétait.

Qui m'empêche de parler ? D'où vient cette pesanteur dans ma langue ? Comment m'avilir encore et encore, laisser la colère emporter tout, elle qui tord les mots comme des tiges, étire les gueules, bourre la chair de goitres, de rhumatismes, de tortures osseuses.

— Je crois que quelqu'un a mis des framboises dans le framboisier, et ces mots-là dans ta bouche, mais je ne sais qui il est...

Le rire d'Agate éclatait. Je rougissais. Elle en savait plus que moi. Je me trouvais bête avec mes réponses vagues.

Je revenais à la charge pour lui tenir tête.

— Et toi Agate, tu...

Elle posait un doigt sur mes lèvres, étouffant mes derniers mots.

— Chut, tu vas réveiller les moines...

Elle aimait ainsi me prendre au piège et me jeter comme seule réponse la pleine lumière de son visage.

Un jour, je surpris Agate à la rivière. Ses épaules de fille étaient rondes comme des meules. La petite fente au bas de son ventre m'éblouissait.

— C'est pour les écureuils ? demandais-je, désignant du doigt la blanche incision.

— Oui, et les têtards, les grenouilles, les papillons, un jour tu y glisseras ta chenille...

Agate joignait le geste à la parole et m'empoignait doucement la verge.

Puis aussitôt, d'un coup de rein, plongeait dans les eaux devenues claires.

Elle barbotait de tout son corps et je restais figé sur la berge, à attendre que la fraîcheur me gagne. Et m'apaise.

La nuit, sa petite châtaigne flottait devant mes yeux, à n'en plus finir. J'en voyais les bords, un peu ronds, gonflés par une sève que j'imaginais douce.

Tout à coup, une armée de monstres m'oppressait. Le sol s'ouvrait sur des excréments. Des moisissures. Du vert-de-gris.

Crachant, boitant, vociférant, hurlant comme de vieilles grilles, entrailles sorties de leurs gueules fumantes, ils naissaient plus hideux les uns que les autres. Comme surgis de la terre de ma peur. L'homme aux ailes de pie. La grenouille couronnée. La souris aux mains de vieille femme. Le mulot casqué d'une racine chevauchant un sanglier. La taupe aux yeux émeraude. Le cerf aux pattes d'oiseau. Le chien au visage d'Ogre. Le crapaud bavant du poison. La brebis au sexe de vierge. L'écureuil droséra. La sangsue saponaire. L'épervier-épinoche. La buse, tête-de-chardon. L'étourneau fibule. L'araignée grand-chêne. Le frelon amanite. L'agneau salamandre. La gerboise à queue précaire. Le pélican pastèque. Le congre coquelicot. Le loup aux pinces de crabe. Le putois buisson. Le grillon polypore. Le lombric au buste d'enfant. La caille aux dents de brochet. La belette épineuse. Le cygne cymbalaire. La carpe capucine. Le dindon dragonnier. Le hérisson vautour. La lamproie florescente. Le chat trilobite. La guêpe phacochère. Le bélier baudroie. Le héron talitre. Le capricorne à bec-de-canard. La pintade pissenlit. La grive rocheuse. La tanche scarabée. Le scorpion sanglier. La murène sauterelle. Le daim dactyle. Le hibou planorbe. L'ange aux pieds de chèvre. Et d'autres démons encore que je ne parviens même pas à décrire. Une église s'embrasait au loin. Qui avait mis le feu ?

Des gens fuyaient, accouraient en tous sens. Fleurs, bêtes et hommes s'entremêlaient. Le lièvre rugissait comme un lion. Le furet crachait des flammes. Je repoussais toutes ces ombres de la main. Dieu et mon désir tournoyaient dans ma tête. Je transpirais, épuisé de ne trouver aucune entrée, aucune issue, inondant mon lit de cette fièvre d'attente. Je me cognais aux parois de mon insomnie.

La rivière et ses roseaux nageaient autour de moi, remuant la paille de mon corps dans une brassée sauvage.

Agate, Agate... Je murmurais son nom pour me désenvoûter. Rompre le sortilège.

Le sommeil m'anéantissait dans son trou noir emportant toutes mes images. Je m'éveillais à l'aube. Le corps endolori. J'avais huit ans lorsque j'appris à dire *je*.

La lumière du ciel parfois entrait dans ses yeux, dans son cœur et il sentait son corps trop étroit pour la contenir. Mais Justin disait oui, aux nuages, aux rivières, au créateur à travers la créature, aux biches et aux sangliers qui s'avançaient vers lui sans crainte alors qu'il venait en clairière cueillir des mousses pour Agate.

Jamais il ne parlait de ces petits miracles. Il en prenait l'offrande comme le signe de quelque chose à venir. La vie lui semblait plus large. La vie la mort voulaient se toucher, se rejoindre, le corps et l'âme gambadant comme deux faons, dans l'herbe, devant ses yeux. Des gerbes d'oiseaux éclataient dans sa tête, la nuit tombante, feux de Bengale, corps effrayés par la montée de l'obscur. Un seul bruit, claquement de talon ou de porte, suffisait à les éteindre. Puis bec à bec, note après note, les piaillements reprenaient. Cette contagion du chant à l'approche de la nuit, Justin la sentait chevillée à son âme. C'était l'ouvert de son regard, une pièce manquante, l'engouffrement des pluies, des vents. Le plus terrible de la lumière.

Justin parlait droit devant lui par cette fenêtre, mais à qui ? à quoi ? aux anges ? aux arbres ? peu importe.

Il s'agenouillait alors, à l'endroit même de sa vision, devant un buisson, le soleil, rien, il s'agenouillait pour se faire plus petit, sentir sur ses épaules le froid du monde, et faire entrer dans sa chair l'automne, les frissons, le chant des oiseaux. L'air tout entier.

Quelque chose alors descendait du ciel sur sa nuque, une colonne : trombe, nuée ou lumière d'orage ; quelque chose comme un immense chagrin.

Comment dire l'état d'écarquillement dans lequel le laissait le miracle. Ces moments d'extase étaient les mêmes que son amour pour Agate. Il les prolongeait en chaque chose.

Mais de vision ni de miracle Justin ne voulait entendre parler, trop inquiet du regard des autres dans ce pays rude.

Les hommes de terre sont ainsi : ils marchent comme des anges noirs, d'un paradis à l'autre, leur Éden est de sarrasin, d'épines ou de fleur. Des orvets glissent sous leur peau.

Alors qu'il entrait dans la force de l'âge, Justin participa à la préparation du parchemin de Saint-Jérôme et ses commentaires sur la prophétie de Jérémie.

Le cheptel était de 128 moutons adultes qu'on égorgea dans le pré bordant le ruisseau.

Ce jour-là, dans l'effroi des peaux battues pour laver le sang, l'immersion dans la chaux vive, les gonflements, le raclement des poils, Justin prit sa décision.

— Maître, je vais quitter le monastère.

— Sais-tu que Dieu, Justin, fait dormir les oies dans le seul but de nous faciliter la tâche ?

Cet oiseau dort en blottissant la tête sous son aile droite. De sorte que le côté gauche devient légèrement courbe. Les six dernières rémiges prennent ainsi une inclinaison parfaite pour la tenue en main lors de la copie.

— Maître, je vais quitter le monastère.

— J'ai entendu, Justin. Je te parle des oies, c'est une parabole. Elle adoucit ma peine. Chaque créature réalise dans son existence ce pour quoi Dieu l'a faite.

— J'aime Agate. Je veux vivre avec elle parmi les gens de la terre. Me pencher sur elle toute ma vie.

— J'ai attendu ton départ pour te confier un dernier secret. Écoute et regarde.

À la pleine lune, trempe une plume que tu auras choisie sur l'aile gauche d'un volatile et laisse-la toute une nuit dans une rosée recueillie le matin sur un linge très pur. Elle deviendra tendre comme les lèvres de ta Bien-Aimée.

Puis sèche-la, entre deux pommiers, sur une herbe que personne encore n'a foulée.

Enferme-la ensuite dans un coffret de sable chaud. Sur un talus de menthe. Elle deviendra aussi roide que ton désir. Tu pourras la tailler.

Retire un à un les duvets qui chatouilleraient désagréablement la jointure de ton index. Ils t'empêcheraient d'être paisible comme la surface d'un lac. Tranche alors en biais l'extrémité.

Le geste suivant doit être la plus douce de tes caresses. Ta plume va devenir demoiselle. Il faut que tu ouvres une fente au milieu, lentement vers le haut, en relâchant la pression de la main à chaque craquement. Souviens-toi à ce moment précis de ton expérience de la moisson, du roulement et des craquements entre tes doigts du seigle arrivé à maturité.

Termine par une petite blessure au-dessus du biais, à peu près de la moitié du diamètre du tuyau et bien centrée par rapport à l'incision.

Et pour finir, attaque la découpe du bec sur un côté de la fente. Inspire-toi de la courbure du bouvreuil : trapue mais douce.

De l'autre côté, cherche la symétrie parfaite, comme s'il s'agissait de ton équilibre.

Voilà, l'œuvre est achevée. Lave-la, couche-la dans du lin pour la dérober aux regards. Ne la prête à quiconque.

Tu tiens maintenant ta vie entre les doigts. Ta nuit ou ta lumière...

Agate aimait, de la beauté de Justin, la sueur. Les parfums qu'il ramenait de la terre. La force tout entière brunie sous les muscles.

Elle aimait le prendre, en plein travail. Dans la bouche. Dans la clairière d'une forêt ou dans les champs. Lui donner du plaisir. Le sentir gémir la rendait heureuse. Femme au plus intime de sa robe.

Justin la repoussait à peine. La seule crainte de voir surgir quelqu'un disparaissait avec les caresses.

Agate ouvrait la bouche, et aussitôt glissait le long de sa verge ; c'était un long baiser de mousse et d'humus. La colonne devenait branche, ciseau, lave gonflée tiède, vacillement contre ses joues d'oiseau, aigle à la recherche d'une issue, d'un passage dans la brèche. Elle effleurait buissons, fruits, et cueillait, fouissant les berges.

La pierre était ronde, dure, violacée à tuer le corps, salive, mûrier, plus vite, plus vite encore, écorchant le temps d'une pluie renversée, fermant les yeux dans son odeur.

Elle s'allongeait nue dans le champ, comme un éblouissement, une blessure dans le sillon, sa peau, son sexe, ses jambes, écartant les bords de l'argile, la lumière ocre de la concision se frayant un passage, accompagnant la pourriture en ses eaux, la torturant.

Comment peut-on bouger à ce moment, faire un seul mouvement pour s'extraire ? alors qu'il faudrait consentir, disparaître.

Comment peut-on bouger, fuir le désastre où chaque pas comme un schiste nous ouvre les reins, les veines, les muscles rouges mêlés au feu noir, grouillant d'humus, le feu épais, sans flamme, du dessous ?

Comment peut-on bouger sur le corps de l'amante, verge dedans le ventre, contre soi-même, remuant la femme qui dort cachée, remuant dans nos entrailles ce qui fait mal d'être tenu serré, remuant rien, qu'un peu d'air et de peur. Tout entier la colline. Tout entier le sol. Jusqu'à ne plus rien tenir dans l'espace de sa mémoire qu'un terrain nu, en jachère.

Elle le tétait ainsi jusqu'à la nuit comme un enfant, titubant dans son désir, et c'était un peu de silence entre ses doigts, quand le fruit s'ouvrait et pleurait, gémissant entre l'instant et l'instant : il se blottissait ensuite dans sa main comme une fragilité minutieuse.

C'était fini. Le corps devenait calme. L'âme touchait son enveloppe.

Elle lui laissait un visage de peaux mortes, radieux, retrouvé hors de sa douleur. Elle s'emboîtait dans mon sommeil, à même la terre. Puis regardait la nuit, les yeux dans les yeux. Sans nommer le consentement. La présence désormais plus grande qu'elle.

Les hommes avançaient, des paniers sur la tête. Certains reprenaient force, une main sur la hanche. Les femmes fermaient la marche, lourdement chargées. La fenaison battait son plein.

Un cheval attelé tirait petits pois, fraises, haricots dans des osiers profonds, remplis à ras bords.

Un groupe au loin scandait la prairie du balancement muet des râteaux de bois.

Lorsque le ciel se couvrait et que des nuages coulaient leur brou de noix, la rentrée des troupeaux dessinait un flux de taches claires et sombres. Hommes et bêtes dans le même mouvement. Les vaches, les arbres et les gardiens.

En janvier, *la journée sombre* prenait place. On taillait les rejets de saule pour la construction des murets et des clôtures. Les lieux se tourmentaient. Les visages aussi.

C'est le printemps que choisirent Agate et Justin pour leurs noces : la pause de midi pour les travailleurs des champs. Tout le village se rassembla. On ouvrit la grange de l'abbaye.

L'épouse fut conduite par le père à son mari. Dans *le chemin aux loups,* sous une voûte de lumière et d'aubépines en fleurs, les élus s'embrassèrent.

Le cortège descendit ensuite pour le banquet où il fut interdit aux prêtres d'assister.

Les anneaux et le lit conjugal furent bénis sous les chants païens. Les acclamations d'usage.

L'homme qui emplissait les cruches accomplit sa mission avec ardeur.

Les cuillerées étaient dans les bouches. Les chopes et les écuelles, portées aux lèvres.

Agate trônait, entourée de ses convives, sous la couronne nuptiale. Devant un mur de bottes de paille et de céréales. Deux gerbes et un râteau entrecroisés souhaitaient prospérité aux époux.

Puis vint la danse de la mariée, en plein air.

Les cornemuses coupèrent en deux la lumière. Leur stridence lança le tourbillon.

On déplaça la couronne pour la fixer sur un voile. Des fossés furent creusés à même le sol : on s'asseyait sur les bords, pour boire et manger encore.

Pieds frappant la terre battue. Sexes bandés tirant les linges. Baisers. Coiffes blanches. Jupes-sang. Tabliers-neige.

Cruches volant sous les coudes. Sous les langues. Étreintes de la taille. De la paille.

On palpe les couteaux. On rit à gorges grasses. Bourses pleines de sous. Et de chair.

Sur les bords, on discute. Au milieu, on danse. La foule ressemble à une bordée de passereaux.

Même agitation. Même instinct de bande.

Par moment, la nuée s'écarte. Monte comme une flèche vers le ciel. Puis retombe éparpillée au sol. Le grand corps se distend. S'assemble.

On dirait le sang de la meute. La migration remuant les jambes et les ventres.

Tout à coup silence ! Qui a donné l'ordre, calmé cette pagaille ?... Trois aveugles avancent...

Justin prend cela pour un signe.

— Yo, yo, va mon beau, yo !

L'ordre s'accompagne d'un claquement de langue. Le fouet résonne dans les corps. En montant d'un pas lourd le raidillon avant le portail, Justin rassemble ses forces : tout ce qui fait son désir d'homme se rapproche de lui.

Il se sent comme un Seigneur au matin du baptême, se redressant de toute sa taille, rapportant le trophée de sa fatigue dans la lumière tombante. Des quelques lieux qui séparent les labourables de la *rue Haute,* il connaît chaque caillou, chaque recoin, et tout des légendes qui dorment dans les buissons.

— Il y a eu tant de pluie que les eaux ont engrossé le gué.

Il se parle à lui-même, en souriant, sa voix effraie les ramiers qu'il viendra décocher un jour ou l'autre. Les chevaux sont forts comme des bœufs. Le flot un peu houleux les prenant jusqu'au garrot, n'arrêtera pas leur course, il le sait. L'automne arrive trop vite sur le pays recouvrant de son vol sombre, immense, les migrations et les mouvements du gibier ; les lièvres et les sangliers partent plus tôt que de coutume, à couvert, creuser leur gîte d'hiver. Justin craint le pourrissement et la perte des dernières récoltes : l'épreuve encore d'une famine.

Les anciens, au village, lui avaient raconté l'une d'entre elles, la plus récente ; malgré leur âge, leurs yeux étaient encore pleins de frayeurs.

On ne trouvait de temps propice pour aucune semailles, et, à cause des inondations, il n'y eut pas moyen de faire des récoltes.

Quand on eut mangé les bêtes sauvages et les oiseaux, les hommes se mirent, sous l'empire d'une faim dévorante, à ramasser pour les manger toutes sortes de charognes et de choses horribles à dire.

Certains eurent recours, pour échapper à la mort, aux racines des forêts et aux herbes des fleuves ! Mais en vain ! Hélas ! ô douleur ! chose rarement entendue au cours des âges, une faim enragée fit que les hommes dévorèrent de la chair humaine.

Des voyageurs étaient enlevés par des plus robustes qu'eux, leurs membres découpés, cuits au feu et dévorés...

Les femmes perçaient d'un pieu le corps des enfants morts sans baptême parce qu'elles pensaient qu'ils devenaient des esprits mauvais capables de nuire aux vivants.

On ne voyait que faces pâles et émaciées ; beaucoup présentaient une peau distendue par des ballonnements.

La voix humaine elle-même devenait grêle, semblable à de petits cris d'oiseaux mourants...

Le monde, pour la punition des péchés des hommes, fut la proie de ce fléau désastreux pendant trois ans.

Justin eût désiré conjurer le sort, murmurer une parole secrète, prendre part à la magie et aux prophéties du rebouteux avec ses amulettes *à la diable* ! car le village où il vivait lui semblait inscrit dans sa chair.

En s'approchant du seuil qu'il franchirait dans quelques secondes, après avoir secoué l'argile brune de ses mollets, il pensait au corps d'Agate, sa colombe, à ses odeurs d'avoine et de thym sous les épaules. À l'intimité, la douceur des draps qui les recouvriraient.

Elle l'attendait avec un sourire comme des retrouvailles et referma la porte comme un secret.

Agate protégeait, par ses gestes humbles, la finesse de ses mains posées sur sa robe — et celle de toute son âme. Elle était comme une lumière enfouie. Dès qu'elle bougeait l'espace rayonnait. Les tâches les plus rudes n'altéraient rien de sa grâce. Agate était belle comme une enluminure. Une lettre dessinée à l'encre, au pinceau, enlacée de fleurs et d'oiseaux, majuscule d'un texte dont Justin soupirait chaque syllabe, chaque parole. Le *A* d'Adam dans ses grouillements. Le feu des onciales dans la colonne. Et tout à coup, le fleurissement du *C*, îlot de verdure cerné de sang, dans le sertissement de l'or et de la patte ailée.

Quand les chevaux furent débarrassés de leurs liens, Justin se redressa : ce n'était plus derrière lui que frissons, hennissements, odeur de foin. Puis il s'immergea à grandes gerbes dans un baquet d'eau fraîche.

Il prit entre ses mains l'étoupe mais l'humidité du soir l'empêcha d'embraser le fagot. Il souffla plusieurs fois sur un début de braise. Le feu prenait mal, dans une fumée qui le fit tousser.

Avec les marais, la brume gagnait rapidement, pareille à un mal sourd, s'emparant des linges et des corps. Il fallait la vaincre, la repousser par les flammes. Dehors pointaient des étoiles comme du sel. Puis une épaisseur qui cachait tout.

Justin tendait ses mains aux comètes de l'âtre, il aimait cette entrée du feu dans son sang. Il enfouit sa tête dans le corsage dont les joues commençaient à rosir.

L'un après l'autre, il lui baisa les seins, comme le front d'un enfant, pour lui dire bonsoir. Il sentait son être se réchauffer, par le bas du corps, sa joie remuer au plus profond : l'étoffe d'Agate respirait sous sa nuque. La biche de sa taille changeait sa fatigue en désir. Justin n'éprouvait ni empressement, ni violence. Mais l'apaisement étrange de la respirer pour la laisser entrer en lui. Alors ses mains fouillaient plus loin sous la dentelle.

— Le cercle de tes hanches, lait de fruit, seigle posé flèche, gisant à traverser ton corps tiède, suçant la nuit, ma peau, ma bouche dans ta mousse, à battre la chair, jusqu'à prononcer rien, le vide, l'extrême blancheur venue couler sur ton ventre comme une lèvre entre tes cuisses, la tombe, la grêle, le livre eucharistique, l'automne et la verge, lichen du sous-bois de tes veines, gravier le plus pur du sang, ma main dans ton sillage, je sais comme toi l'autre blessure, sentir ta bouche me fermer les yeux, frotte ta chair dans le feu, la sueur, le gaspillage, mange-la, au plus près...

Il toucha une pointe rose, douce comme une épine, y posa sa langue puis sa bouche entière. Le corps d'Agate scintillait. En tâtonnant, il repoussa les jupons plus haut, s'enroulant avec eux. Chaque caresse instruisait ses doigts.

Il se permit de replier ses cheveux sous elle. Elle en ressentit les égards de *sainte.* Puis quand il entra dans le plus doux des sources, il surveilla son visage défait comme un berger attendant la dernière brebis. Comme elle pâlissait, vacillant doucement sous ses reins, il s'étira un peu plus loin une dernière fois, glissant dans le cuir tendre de son ventre la douce méditation de son sexe.

— La lumière et ses odeurs de fille, quand elle se roule dans l'herbe et qu'elle gémit, même si on ne voit pas son visage, on dirait qu'elle est belle derrière la cloison, dans l'autre chambre. Tout cet arbre qui m'étouffe quand tu t'allonges sur moi, et que je te repousse encore. Et que tu lèches ma peau, mon ventre.

La pluie me fait penser à toi. Les branches se courbent, s'arrondissent et prennent la forme de tes épaules, la même transparence que ton visage quand tu cries...

Étreindre Agate était toutes ses racines. Tant de douceur, une petite mort. Des picotements les traversaient l'un l'autre comme une sève prise à la terre. Un feuillage, une floraison. Justin la serrait dans une prière de ses bras, de ses mains. Un chant païen. Tout le pays. C'est là qu'il apprenait la terre, ses récoltes. Les gestes fous. Et la tendresse pour écarter le sillon.

— Il y a un amour qui nous purifie de tous nos amours, c'est celui-là qui me vient dans ton corps, sur tes lèvres, dans ton visage : il les rassemble en une seule torche, un seul regard, et c'est le tien dans le mien. La brebis de ton rire, la source de tes cheveux, la cambrure de ta peau, là où mes mains se posent. Je mets le feu à ces images comme à mon sang. Je n'ai plus de mots pour ce pays où je tremble...

Au cœur de la nuit, ils se couvrirent d'étoffes comme des arbres couchés à même les mousses. Leur corps était une lumière au centre de la pièce. Un pâle entremêlement qui se referme. Une lampe sur le sol.

Justin sentait une lame de fond soulever son corps — alors qu'il avait remué tant de terre — et le coucher dans la nuit comme un enfant.

Tous deux s'endormaient l'un contre l'autre. Un froid plus dur cernait la maison. Tous deux s'endormaient. Et à vingt lieues leur rêve trouait la fenêtre d'une lueur d'or.

La tempête soufflait en furie pour démonter la terre, un long souffle nourrissait sa rumeur : on aurait dit le pays des morts surgi au beau milieu des champs, le hurlement des loups dans le squelette des arbres, partout. Une sorte de présence menaçante, invisible, gonflait le silence de son chant sourd, dans les buissons, sous les portes ; c'était le hululement, la plainte des vents d'ouest, quand ils se déchirent et n'ont rien d'autre à bousculer que les toitures et les charrettes. Les jours succédaient aux nuits fondus à la même grisaille. Pas âme qui vive ! Les arbres, les talus ressemblaient à des chiens courbés sous la pluie, à des masses informes. Le pays suffoquait, s'enfonçait en lui-même, noyé sous une chape de plomb liquide, une *nigredo* sans devenir, matière noire, puante, qu'aucun alchimiste ne changerait en or, qu'aucun printemps ne traverserait jamais plus, comme si le soleil n'était pas de ce monde, l'abandonnant définitivement à *la pluie des ténèbres.* La boue dégorgeait des chemins en lave froide. S'y enliser était la mort. Les loups attaquaient jusque dans les cours des fermes.

L'humidité rongeait les âmes, les cœurs, perçait les linges, échauffant les plis du corps, les doigts fourbus de crampes, les épaules, les jambes, jusqu'à l'os ; tenir debout était une épreuve, marcher, un supplice. Jusqu'au sang.

Des lièvres surgissaient de cette blancheur comme des diables hagards, les flancs creusés. Les yeux exorbités par la faim. Hommes et bêtes, dans la même panique, se croisaient du regard sans se reconnaître.

Par ce temps d'apocalypse, Justin était resté près d'Agate. Un tas de bûches grand comme une église gisait en vrac dans l'écurie. Il aimait fendre cette chair de bois blanche.

Agate, de ses poignets vifs, plaçait debout, l'un après l'autre, les rondins sur le billot : le mouvement de la hache rythmait leurs gestes. C'est Justin qui, le premier, rompit leur silence.

— Que ferais-tu s'il m'arrivait quelque chose ?

— Comment, quelque chose ?

— La mort, par exemple. Si j'étais emporté par la rivière ? Mangé par les loups ?

— Je ne pense jamais à ça. (Et après un court silence :) Lui non plus.

Justin releva la tête. Agate avait posé ses deux mains sur son ventre. Elle le regardait droit dans les yeux, avec défi, en répétant :

— Lui non plus.

Là, parmi les copeaux et la sueur, dans la lumière à peine présente, avec, alentour, des hurlements et des souffles, comme si toutes les sorcières de la terre, tous les morts et les gnomes frappaient à la porte, l'enfonçant presque, là, elle venait d'apprendre à Justin qu'elle était grosse. Qu'un enfant dormait dans son ventre. Elle avait du rire plein les yeux, sur sa bouche, dans ses joues, du rire comme de la rosée, une rivière, des baies sauvages, un champ de colza. Du rire cambré à la taille, défiant des reins les prés, les champs, la terre entière, la noire cavalcade des présages, des mauvais sorts, le sang d'encre des vieilles femmes, le mauvais œil du rebouteux. Du rire en boucles autour de sa tête jetant mille feux de roses et de fleurs sauvages. Du rire comme du bon pain, de la menthe, le vin doux dans les cruches, des baisers de chat et de renarde. Du rire comme un secret, une prière, la douceur de son sexe dans les soies. Du rire comme une longue corde dans un puits, une bague au doigt, la fin des orages et des paniques. Du rire-bonheur, de la malice, un arc-en-ciel dans la pénombre : elle attendait pour le laisser éclore, un mot, un seul.

Justin était comme un enfant devant un ange. Pétrifié. Cloué sur place.

Pour unique parole, il planta sa hache d'un coup sec, souleva Agate du sol. Et la couvrit de caresses dans les foins.

La faim au début alanguit le corps. Puis elle le creuse comme un sentier entre les chairs. La faim tiraille. L'animal au creux du sang hurle dans les veines.

Justin sait tout de ces douleurs qu'il apprivoise, jour après jour, pour trouver des forces. Il se lève, mâche un peu de mousse, un peu d'écorce. Et tôt le matin se met en chasse.

Aux premiers signes du manque, les oiseaux étaient faciles. Affaiblis, ils s'aventuraient pour quelques baies sauvages. Quelques miettes, sur le seuil. Les prendre à l'arc ou à la glu était un jeu d'enfant. Mais avec chenilles, larves et lombrics, les volatiles disparurent. Même les insectes se firent rares.

Plusieurs fois Justin mangea de la terre. Il s'accroupissait, dans un endroit dérobé à la vue. Derrière la haie ou la ruine d'un muret. Et saisissant une large poignée, la portait à la bouche.

Quelque chose d'âcre envahissait sa gorge. Crissait contre ses dents. Puis alourdissait sa poitrine, calmant les tiraillements. Les œufs d'une fourmilière adoucissaient le goût amer. Un corps gras facilitait la déglutition en perlant sous la dent.

Justin en trouvait la force parce qu'il pensait à Agate. À la petite colline qui grandissait dans son ventre.

Quand il cuisinait un bouillon d'oiseau, avec quelques herbes cueillies au fond de la rivière — Justin était un excellent nageur, mais plusieurs fois, faillit y laisser la vie, à cause d'un malaise — il feignait d'en boire une bolée. Et discrètement la renversait dans la marmite.

Agate, que la grossesse épuisait, luttait jour après jour, et ne voyait Justin ni s'amaigrir, ni s'affaiblir. Il faisait tout pour dissimuler. Jusqu'à se frotter le visage avec des urticantes. Pour lui rendre des couleurs. C'était le seul mensonge dans son amour.

Cette étendue-là, en lui, de n'être rien que la présence, l'eau de l'autre, le feu agenouillé de la rencontre, le oui chuchoté de deux mains qui s'enlacent, la langue des gestes pour verser, nourrir, apaiser, cette étendue-là, de toute pluie, de toute neige, qui est peu de chose, le linge d'Agate dans un pré, le carré clair d'un amour, et tout s'y engouffre, le ciel, le regard, la lumière, cette étendue-là comme un appel, et l'entendre plie Justin vers la terre, le visage dans les genoux, le front cherchant l'ancien passage, le ventre des mères, cette étendue-là est si près de lui qu'il n'a plus peur.

Mourir est le cœur de l'espace, son pouls le plus fragile...

Fermant les yeux, Justin voit un enfant courir, tuer les mouches. Couper les vers en quatre. Enlacer les chenilles pour les voir pondre.

Il n'a plus peur. C'est un fils.

C'est sous la fenêtre mourir. Quelque chose comme une fumée lâche les mâchoires. Ça n'a pas d'âge. Ça ne fait pas de bruit. Ça s'en va, ça revient. Ça quitte le centre. On dirait que ça s'éparpille. C'est toujours sur fond noir avec un point qui grandit. Des effleurements comme la caresse, des sources sur le front. Partout. C'est comme un homme et une femme, enlacés, qui dansent. Justin le sait.

Mourir n'a pas de sexe. Ou à peine. Mourir est comme la plus petite feuille de l'arbre. Ni Ange ni Diable. Une présence comme l'attente de n'être rien. Et le rien monte à l'intérieur dans une fumée épaisse, un engourdissement, une torpeur qui éteint tout, le sang, le ventre, le visage. Justin le sait.

Alors la nuit, dans les campagnes, se voile comme une vierge noire. Elle monte le long des taillis. Envahit les lits, les yeux, les mémoires. Peu à peu l'obscur l'emporte. La nuit annonce le frémissement, la nostalgie des vagues bohémiennes. Les noroîts sans âge. Les aulnes brisés sur les tombes. Le chevreuil des troncs se lève. La nuit danse comme un albatros sur l'échine des cyprès.

Bruyère, la vie s'en va, dans le ruissellement des ombres, elle dort dans les chemins, aux vents de cerise et de mer, la vie s'en va dans le corps, dans les poumons des corbeaux, les sources pleurent les pèlerines bleues du ciel. L'enfance, exténuée pourrit sous les doigts. La vie s'en va, cela seulement est étrange. Des traces disent la complainte, le bruit des pluies primitives, l'onde d'une beauté de saule et de colza. La vie s'en va, sans haine, comme les amants s'endorment, avec une peine de bleuet, des vents de barque et de remords sur les étangs, pays sur le clavier des plaines, dans les vallons des aigles et des fougères. La vie s'en va et cette grâce une feuille d'arbre la porte. Un peu d'hiver, un peu de naufrage, le sang ébloui de collines, de villages, et dans les veines des primevères un peu de sel du littoral.

La vie s'en va, il suffit de le dire et la mer fuse dans le sang, *belle passante* dans la bouche, pleureuse des grottes et des nefs, la vie s'en va, hymne vertical, fureur d'or et de chaos, varech à la gorge des brisants, daurade d'île et de quai, brassée de coqs et d'océan.

Qui dira l'âme dans ses criques furieuses, ses sonorités de pierre et de corne, sa harpe de poitrine, ses goélands du délire, son roc d'amarre et d'embaumée ?

La vie s'en va, tranquille, baie, sanglot, violon, paix des oiseaux, brise des limons, pays des chiens, des gardiens, femme par l'absence, mère des rivières, des paysans, mère des aurores. La vie s'en va, défunte, pâle mésange, pierre grise, fête flambant comme une musique sur ses lauriers, voie lactée, journée de sentier et de lèvre. L'âme enfile sa tunique.

Toute la nuit, j'ai pilé le poison. Puis mélangé à une eau très pure. Sawalo m'a enseigné le *Blanc de Céruse.* Et sa neige mortelle. Son ultime éblouissement. Les efflorescences m'emportent doucement.

Dans des auberges de verre et de rivière, je bois le domaine, ses flux de jeunesse et de langue, sa beauté de Reine et d'absence. Les terres chantent de longues cantilènes, je les entends.

Mon sentier quitte son talus de mousse et d'ancolies. Le temps court dans des orages, s'affale en trombes dans les villages. Le grenier cache un peu de souffle sous sa laine.

Ma colline pénètre la lampe dans la grange de la feuille blanche. Cette complainte de lierre, de souffle reposé, je l'enfonce dans ma gorge.

C'est la douleur du roncier. Le cri des ruines sans mémoire, sans visage. L'épée du laurier. La salive des fontaines. La chair lancinante des buis. C'est le meurtre de ma blessure, sa fougère bleue. La griffe du matin qui lève.

Longtemps j'ai écouté mes décisions d'épine, celles qui montent du dedans comme un chant de cigale, aigu, strident jusqu'à la folie, un chant sous le maïs des choses, au grain dru ; sa frondaison est odorante et noire, sa hauteur, par-dessus les arbres reliant le plus étroit au plus souple, arrêtant le cœur pour qu'il entende sous les paupières, un vrai silence.

J'ai écouté les frémissements de la roseraie, ce bruit léger comme un envol à la surface des eaux, linges s'écartant au passage des mains, fourreaux glissant sur les corps. Et j'ai entendu.

La vie s'en va, Agate, et je t'écris cette lettre.

J'ai appelé ma nuit profonde.

Je l'ai invoquée, priée. Pour qu'elle prenne toute la place. Qu'elle coule en moi et m'inonde. Que plus rien d'elle ne me soit inconnu. Et que sa force, au lieu de m'être étrangère, comme à côté de moi, s'étende. Me prenne la main comme une sœur jumelle.

Je n'invoquerai rien. Ni louange. Ni supplication. Mais toi.

Toi et l'enfant dedans ton ventre.

Pour que vous ne mourriez pas.

Je me coucherai dans le saloir. Je mélangerai ma chair à la nuit blanche.

Le Blanc d'Argent effacera mon sang. Je vois son cheval dans ma coupe. Je serai la Lettrine qu'on gomme. La page effacée de tous ses mots. De tous ses vices. Mon âme retrouvera la douceur du lac. Le Blanc d'Argent mangera mes traits. L'édifice de ma vie. Je serai la fenêtre sans icône. La peau de mouton vierge qu'on égorge.

Je sais que tu pleureras.
Qu'il te faudra plusieurs jours. Plusieurs nuits pour faire les gestes.
Il faudra qu'un jour pourtant tu tranches ma chair.
Et que tu me manges.
Je sais que tu en trouveras la force.

Lève-toi, ma bien-aimée,
ma belle, viens !
Que tu me prennes dans ta bouche
comme à l'été, dans les champs.
Je dors, mais mon cœur veille.
J'ai ôté ma tunique
comment la remettrais-je ?
J'ai lavé mes pieds
comment les salirais-je ?
Que tu es belle ma bien-aimée !
Que tu es belle !
Tes yeux sont des colombes.
Je dors, mais mon cœur veille.
Comme le pommier parmi les arbres
mange mes mains.
Prends ma bouche et mes lèvres
dans ta douceur.
Je t'ai conduite au cellier
et la bannière que je dresse sur toi
c'est l'amour.
Lève-toi, ma bien-aimée
ma belle, viens,
car l'hiver va passer
et la noire famine, et les pluies.
Sur notre terre, les fleurs te souriront.

Le roucoulement de la tourterelle
se fera entendre à nouveau.
Lève-toi, ma bien-aimée
ma belle, viens !
Prends-moi dans ta bouche,
et ma peau, et mes lèvres.
J'entre dans un jardin,
que tu me baises des baisers de ta bouche
pour guider mes pas.
Que je sois la vigne et ton troupeau.
Les larmes et ta soif.
Le sachet de myrrhe entre tes seins.
Ton ombre désirée.
Le fruit le plus doux à ta gorge.
Que notre fils marche sur notre terre !
Qu'il porte à son cou la dent de sanglier !
Qu'il célèbre notre amour sur son visage !
Lève-toi, ma bien-aimée,
ma belle, viens !
Je dors, mais mon cœur veille.

C'est au matin qu'elle le découvre. Il y a trop de silence dans la maison. Quelque chose comme une torpeur dans les poutres. Un endormissement.

Agate sursaute. Elle est réveillée par un manque. Une absence mauvaise endort ses membres jusqu'au fourmillement. Jusqu'à la douleur.

Elle regarde la couche vide à ses côtés. Justin ne se lève jamais sans l'embrasser.

Puis, elle se dirige, à travers les pièces, droit vers la porte restée ouverte. Il y a une lettre sur le coffre. Justin dort comme un enfant surpris par le sommeil.

« Avec les morts, Agate, il ne faut pas seulement être tendre. Mais être nue. Ne plus rien désirer à leur place. Cela est la chose la plus simple. Et la plus ingrate. Il faut mourir avec eux. Je veux dire avoir de la douceur comme de la neige. Des mots comme des sourires. Des oiseaux qui parlent.

Avec les morts, il faut laisser venir l'amour qui ne désire plus. Retenir les chevaux. Éveiller le lac. Ne plus vouloir. Décider ne suffit plus. Il faut atteindre dans les nerfs le sang tranquille.

Avec les morts, il faut passer le pont, sentir craquer en soi la peur comme un bateau qui part et s'inonder de lumière. Celle du matin, celle du jardin. Donner à son regard la douceur labourée des terres...

ce que l'on a hésité à dire au mourant, il faut le lui dire là, à cette seconde où il attend...

mon attente est le dernier lien que je te demande de rompre doucement. Comme le pain...

prends soin de notre fils...

Je t'aime, Amour,

J'emporte notre étoile dans la nuit... »

Agate serre ses lèvres sur ses poings. Pour faire barrage. Retenir.

Puis elle se couche près de lui. Sans un mot.

Pâle, elle croit qu'attendre sera comme s'éteindre. Elle croit qu'elle trouvera la force de ne plus bouger. Mais on ne décide pas cela. Pas toujours.

Au fond d'elle, l'enfant remue. C'est la première fois. Elle prend la main froide de Justin. Presque dure. Elle la réchauffe sur son ventre. Elle sent comme un sourire sur le visage de l'Amant. Elle sent comme une présence.

Maintenant Agate retient. Elle a peur de se briser. Elle craint qu'en quittant sa bouche, son cri la tue. L'ouvre comme une pomme. La vide de sa chair. De son sang. Elle retient ses hurlements et c'est là qu'elle reprend courage. Dans la force. Et l'abandon.

Elle écarquille les yeux. Le cri alors se glisse hors des pupilles comme un serpent. Elle ne dit rien. Les larmes parlent sur ses joues. Elle vide ses forces, sans haine. La mauvaise mort fuit.

Elle fait ça pour la présence dans son ventre.
Sa gorge est sèche.
Si elle se lève pour boire... elle est sauvée.

« Tu dors, je prends l'hirondelle dans ma bouche, j'ai soif de ta langue, et de frotter mes mains aux tiennes, respirer tes cheveux, et tant d'autres saisons encore, je suis une robe sur ta peau, mouler tes seins, tes hanches, me frotter à toi quand tu bouges, border tes creux, tes courbes, te faire frissonner, je voudrais être ton étoffe préférée, te rendre belle, changer avec tes humeurs, t'effleurer à peine, là où le bas de ton ventre un jour va s'ouvrir, et quand tu marches, te rendre légère, plus légère encore que cette chaleur qui fond en toi comme un soleil.

Les terres ne parlent plus dans mes mains, elles sont muettes, et dans mon sang, elles attendent, lèchent leurs petits, à coups de patte, à coups de langue, les terres ont quitté enfin ma bouche, et je pars à nouveau, plus loin, plus large, mes lèvres sont grises et leur secret couve ici sa coulée de plomb, de ciel sans bord, le champ pousse mon regard au loin comme un scarabée, et je suis cela, cette pelote de terre noire.

À moi les Anges et votre corps de ciel, l'ondoiement des herbes sur vos reins, vos hanches de fille comme des puits, à moi les forces de toutes rivières, de toute âme, j'invoque l'épée de feu qui vous traverse, la très sainte nudité ! Que la matière me submerge ! Qu'elle soit à nouveau la crasse et l'orage !

Que ma phrase incendie la lumière en son ombre la plus grasse !

Que coule hors de moi cette force jusqu'à parler encore et encore la chute, pour être doux avec toi,

et qu'un jour à nouveau l'invisible me redresse, l'invisible me terrasse... »

Les pommiers sèment de la neige dans les fleurs. Au cœur du printemps. Ils veillent aux portes d'un monde qui, jour après jour, s'efface, inclinés, comme en marche, devenus blancs en une seule nuit, les cheveux, les sourcils, les tempes, parce qu'une femme a failli mourir, et que demain, si elle se relève, elle ne sera plus tout à fait la même. Les pommiers sont des gnomes, ils dansent, et tout au long des corps, livrés à leur solitude verte, ils dansent dans nos yeux, nos rêves ; quelque chose ne sait plus nous quitter : ils sont la terre, un continent où nous vivons sans visage ; le seuil qu'ils protègent est l'ombre de ce nulle part, à pleins poumons et sans excuse, que le bûcheron parfois abat et que le ciel avide tourmente. Peut-être qu'un matin, ils trébuchent et qu'un pays s'éteint dans leur étoile noire. Peut-être qu'en leur parlant un peu à la sortie du village, c'est le bruit du silence qu'ils couchent sur nos lèvres, et qu'en les regardant, nous vient un sommeil impossible à aimer.

Les pommiers sont nos ancêtres, ils savent tout de nos pas et des mains qui les négligent : lorsque se lève la cendre, là-bas, sous le front noir des matins, ils pleurent doucement l'offrande de la lumière.

Rongés sous les yeux par la danse de leurs bras, foudroyés nous sommes, par ce qui jamais ne nous enlace, mordant la pomme grise que nous jette leur âme.

Il y a bien un Christ dans un coin de la pièce, avec une branche de houx, et quatre petites boules rouges, presque noircies. Dans des paroles où l'on s'énerve, on le montre du doigt. On lui fait des reproches. Ou même parfois, dans le silence, d'un simple hochement de tête on lui parle. Comme par résignation.

Il suffirait d'un peu d'amour, de quelques oiseaux dans les verges pour que la chair marche, à nouveau dans les friches chargée de flambées. Et que survienne l'œil des chants fabuleux. Un peu de douleur. Un peu de trépas.

Explicit

Apprends-moi, *Seigneur,* à bien user du temps que tu me donnes pour travailler, à bien l'employer sans rien en perdre. Apprends-moi à tirer profit des erreurs passées sans tomber dans le scrupule. Apprends-moi à prévoir le plan sans me tourmenter, à imaginer l'œuvre sans me désoler si elle jaillit autrement. Apprends-moi à unir la hâte et la lenteur, la sérénité et la ferveur, le zèle et la paix.

Purifie mon regard : quand je fais mal, il n'est pas sûr que ce soit mal, et quand je fais bien, il n'est pas sûr que ce soit bien.

Ne me laisse jamais oublier que tout savoir est vain sauf là où il y a travail, et que tout amour est creux qui ne me lie à moi-même et aux autres.

Rappelle-moi que si je fais mon ouvrage par goût du profit, comme un fruit oublié je pourrirai à l'automne ; que si je le fais pour plaire aux autres, comme la fleur de l'herbe je fanerai au soir ; mais si je le fais pour l'amour du bien, je resterai dans l'amour.

Ici s'achève l'histoire d'un homme dont personne ne saura s'il était Saint ou Démon.

Moi, *Sawalo monacus Sancti Amandi me fecit,* affirme déposer cette histoire comme un dragon dans une lettrine. Qui fut Justin ? Que savons-nous du bien, du mal ? Du triomphe de la beauté ?

La beauté est faite pour agenouiller l'âme.

Voilà pourquoi j'emmêle mes monstres aux feuilles du Paradis. Chaque miniature est un combat.

L'homme invente l'éternité. Ou la ravage. Il ne le sait pas. L'homme copie l'éternité patiemment. Elle est avant lui. En lui. À côté de lui.

Grattant lettre après lettre la faute, la faisant fondre sous le pain, remonte le saumon fou.

Penché jusqu'à mourir sur mes peaux, j'ai vu l'homme profaner. Vendre la sagesse froide. Tuer la profondeur.

À force de scruter, mes yeux se brouillent. Le dragon a grandi et mangé la ramure.

Éveillons-nous ! Soyons des guetteurs ! D'autres famines nous guettent !

Comme le Blanc de Céruse, l'Apocalypse viendra par le livre !

Pardonnez-moi ces paroles graves, mes frères, ce ton d'imprécation...

pour quelques lignes, je quitte l'humilité de ma tâche.

Je n'enfreins rien. Je signe.

DU MÊME AUTEUR

Aux Éditions Gallimard

UN LIVRE S'ÉCRIT TÔT LE MATIN, journal-récit.

L'IDIOT DU VOYAGE, récit.

Chez d'autres éditeurs

LE DRAGON ET LA RAMURE, récit, Verdier (repris en Folio nº 3526 avec *La lumière du deuil* sous le titre *Le ciel et la terre*).

LA LUMIÈRE DU DEUIL, récit, Verdier (repris en Folio nº 3526 avec *Le dragon et la ramure* sous le titre *Le ciel et la terre*).

TERRE POUR UNE LÉGENDE, poèmes, Cheyne.

LA VIE PAUVRE, poèmes, La Différence.

LA CLAIRE AUDIENCE, poèmes, Le Cherche-Midi.

LA FRAÎCHE ÉVIDENCE, poèmes, Lettres Vives.

LES PLUIES BATTANTES, poèmes, Lettres Vives.

RETOUR AU SANG, poèmes, Lettres Vives.

L'ESPACE DU POÈME, entretiens avec Bernard Noël, P.O.L.

LA CHAMBRE AU MILIEU DES EAUX, récit, Lettres Vives.

FEMME BUVANT DANS UNE COUR, récit, Flohic.

LE TEMPS CAPTIF, roman, Flammarion.

LE CIEL ET L'ÉTREINTE, poèmes, Lettres Vives.

L'ODALISQUE, roman, Flammarion.

COLLECTION FOLIO

Dernières parutions

3341. Daniel Rondeau — *Alexandrie.*
3342. Daniel Rondeau — *Tanger.*
3343. Mario Vargas Llosa — *Les carnets de Don Rigoberto.*
3344. Philippe Labro — *Rendez-vous au Colorado.*
3345. Christine Angot — *Not to be.*
3346. Christine Angot — *Vu du ciel.*
3347. Pierre Assouline — *La cliente.*
3348. Michel Braudeau — *Naissance d'une passion.*
3349. Paule Constant — *Confidence pour confidence.*
3350. Didier Daeninckx — *Passages d'enfer.*
3351. Jean Giono — *Les récits de la demi-brigade.*
3352. Régis Debray — *Par amour de l'art.*
3353. Endô Shûsaku — *Le fleuve sacré.*
3354. René Frégni — *Où se perdent les hommes.*
3355. Alix de Saint-André — *Archives des anges.*
3356. Lao She — *Quatre générations sous un même toit II.*
3357. Bernard Tirtiaux — *Le puisatier des abîmes.*
3358. Anne Wiazemsky — *Une poignée de gens.*
3359. Marguerite de Navarre — *L'Heptaméron.*
3360. Annie Cohen — *Le marabout de Blida.*
3361. Abdelkader Djemaï — *31, rue de l'Aigle.*
3362. Abdelkader Djemaï — *Un été de cendres.*
3363. J.P. Donleavy — *La dame qui aimait les toilettes propres.*
3364. Lajos Zilahy — *Les Dukay.*
3365. Claudio Magris — *Microcosmes.*
3366. Andreï Makine — *Le crime d'Olga Arbélina.*
3367. Antoine de Saint-Exupéry — *Citadelle (édition abrégée).*
3368. Boris Schreiber — *Hors-les-murs.*
3369. Dominique Sigaud — *Blue Moon.*
3370. Bernard Simonay — *La lumière d'Horus (La première pyramide III).*
3371. Romain Gary — *Ode à l'homme qui fut la France.*
3372. Grimm — *Contes.*
3373. Hugo — *Le Dernier Jour d'un Condamné.*
3374. Kafka — *La Métamorphose.*
3375. Mérimée — *Carmen.*
3376. Molière — *Le Misanthrope.*
3377. Molière — *L'École des femmes.*
3378. Racine — *Britannicus.*

3379.	Racine	*Phèdre.*
3380.	Stendhal	*Le Rouge et le Noir.*
3381.	Madame de Lafayette	*La Princesse de Clèves.*
3382.	Stevenson	*Le Maître de Ballantrae.*
3383.	Jacques Prévert	*Imaginaires.*
3384.	Pierre Péju	*Naissances.*
3385.	André Velter	*Zingaro suite équestre.*
3386.	Hector Bianciotti	*Ce que la nuit raconte au jour.*
3387.	Chrystine Brouillet	*Les neuf vies d'Edward.*
3388.	Louis Calaferte	*Requiem des innocents.*
3389.	Jonathan Coe	*La Maison du sommeil.*
3390.	Camille Laurens	*Les travaux d'Hercule.*
3391.	Naguib Mahfouz	*Akhénaton le renégat.*
3392.	Cees Nooteboom	*L'histoire suivante.*
3393.	Arto Paasilinna	*La cavale du géomètre.*
3394.	Jean-Christophe Rufin	*Sauver Ispahan.*
3395.	Marie de France	*Lais.*
3396.	Chrétien de Troyes	*Yvain ou le Chevalier au Lion.*
3397.	Jules Vallès	*L'Enfant.*
3398.	Marivaux	*L'Île des Esclaves.*
3399.	R.L. Stevenson	*L'Île au trésor.*
3400.	Philippe Carles et Jean-Louis Comolli	*Free jazz, Black power.*
3401.	Frédéric Beigbeder	*Nouvelles sous ecstasy.*
3402.	Mehdi Charef	*La maison d'Alexina.*
3403.	Laurence Cossé	*La femme du premier ministre.*
3404.	Jeanne Cressanges	*Le luthier de Mirecourt.*
3405.	Pierrette Fleutiaux	*L'expédition.*
3406.	Gilles Leroy	*Machines à sous.*
3407.	Pierre Magnan	*Un grison d'Arcadie.*
3408.	Patrick Modiano	*Des inconnues.*
3409.	Cees Nooteboom	*Le chant de l'être et du paraître.*
3410.	Cees Nooteboom	*Mokusei !*
3411.	Jean-Marie Rouart	*Bernis le cardinal des plaisirs.*
3412.	Julie Wolkenstein	*Juliette ou la paresseuse.*
3413.	Geoffrey Chaucer	*Les Contes de Canterbury.*
3414.	Collectif	*La Querelle des Anciens et des Modernes.*
3415.	Marie Nimier	*Sirène.*
3416.	Corneille	*L'Illusion Comique.*
3417.	Laure Adler	*Marguerite Duras.*

3456. Marie Darrieussecq	*Le mal de mer*
3457. Jean-Paul Enthoven	*Les enfants de Saturne*
3458. Bossuet	*Sermons. Le Carême du Louvre.*
3459. Philippe Labro	*Manuella*
3460. J.M.G. Le Clézio	*Hasard* suivi de *Angoli Mala*
3461. Joëlle Miquel	*Mal-aimés*
3462. Pierre Pelot	*Debout dans le ventre blanc du silence*
3463. J.-B. Pontalis	*L'enfant des limbes*
3464. Jean-Noël Schifano	*La danse des ardents*
3465. Bruno Tessarech	*La machine à écrire*
3466. Sophie de Vilmorin	*Aimer encore*
3467. Hésiode	*Théogonie* et autres poèmes
3468. Jacques Bellefroid	*Les étoiles filantes*
3469. Tonino Benacquista	*Tout à l'ego*
3470. Philippe Delerm	*Mister Mouse*
3471. Gérard Delteil	*Bugs*
3472. Benoît Duteurtre	*Drôle de temps*
3473. Philippe Le Guillou	*Les sept noms du peintre*
3474. Alice Massat	*Le Ministère de l'intérieur*
3475. Jean d'Ormesson	*Le rapport Gabriel*
3476. Postel & Duchâtel	*Pandore et l'ouvre-boîte*
3477. Gilbert Sinoué	*L'enfant de Bruges*
3478. Driss Chraïbi	*Vu, lu, entendu*
3479. Hitonari Tsuji	*Le Bouddha blanc*
3480. Denis Diderot	*Les Deux amis de Bourbonne* (à paraître)
3481. Daniel Boulanger	*Le miroitier*
3482. Nicolas Bréhal	*Le sens de la nuit*
3483. Michel del Castillo	*Colette, une certaine France*
3484. Michèle Desbordes	*La demande*
3485. Joël Egloff	*«Edmond Ganglion & fils»*
3486. Françoise Giroud	*Portraits sans retouches (1945-1955)*
3487. Jean-Marie Laclavetine	*Première ligne*
3488. Patrick O'Brian	*Pablo Ruiz Picasso*
3489. Ludmila Oulitskaïa	*De joyeuses funérailles*
3490. Pierre Pelot	*La piste du Dakota*
3491. Nathalie Rheims	*L'un pour l'autre*
3492 Jean-Christophe Rufin	*Asmara et les causes perdues*

Composition Nord Compo.
Impression Bussière à Saint-Amand (Cher),
le 3 mai 2001.
Dépôt légal : mai 2001.
Numéro d'imprimeur : 12696.
ISBN 2-07-041411-6./Imprimé en France.

95282